Mi hermano el alcalde

ALFAGUARA

© Fernando Vallejo, 2004
© Distribuidora y Editora Aguilar, Altea, Taurus, Alfaguara, S. A,
   (Primera edición, 2004)
© De esta edición:
   Aguilar, Altea, Taurus, Alfaguara, S. A., 2004
   Beazley 3860, (1437) Buenos Aires
   www.alfaguara.com.ar

- Santillana Ediciones Generales S. L.
  Torrelaguna 60 28043, Madrid, España
- Aguilar, Altea, Taurus, Alfaguara, S. A. de C. V.
  Avda. Universidad 767, Col. del Valle, 03100, México
- Distribuidora y Editora Aguilar, Altea, Taurus, Alfaguara, S. A.
  Calle 80 Nº 1023, Bogotá, Colombia
- Aguilar Chilena de Ediciones Ltda.
  Dr. Aníbal Ariztía 1444, Providencia, Santiago de Chile, Chile
- Ediciones Santillana S. A.
  Constitución 1889, 11800, Montevideo, Uruguay
- Santillana de Ediciones S. A.
  Avenida Arce 2333, Barrio de Salinas, La Paz, Bolivia
- Santillana S. A.
  Avda. Venezuela 276, Asunción, Paraguay
- Santillana S. A.
  Avda. San Felipe 731 - Jesús María, Lima, Perú

ISBN: 950-511-930-5
Hecho el depósito que indica la ley 11.723

Diseño: proyecto de Enric Satué
Cubierta: Nora Garzón

Impreso en la Argentina. *Printed in Argentina*
Primera edición: mayo de 2004

Fernando Vallejo

Mi hermano el alcalde

Perdido en las montañas de Antioquia hay un pueblo que se llama Támesis, como el río de Londres. Sí, como el río, pero en bonito. El río, si les digo la verdad y bien que lo conozco, se me hace triste y monótono, lento, fatigado, sin ganas de vivir, como si arrastrara por la inercia de las edades sus cansadas aguas. El pueblo, en cambio, es alegre y parrandero. Nació ayer y aún no ha perdido la fe ni la esperanza. Haga de cuenta un muchacho de dieciocho años sin pasado atrás que le pese y con un futuro abierto por delante del tamaño de ese panorama de montañas que se explaya desde la terraza de la finca nuestra La Cascada abarcando a Antioquia. Vaya a ver y verá. Lo invito. Con todo y suegra y sus amigos y los amigos de sus amigos y todo el barrio y la parentela a beber aguardiente gratis de cuenta mía y a constatar: la mirada se va como un gavilán, volando, volando sobre el paisaje esplendoroso desflecando nubes.

—¿Y a cuánto queda esa maravilla del pueblo?

—En carro a cinco kilómetros y a caballo a una legua.

—Ah, entonces me voy a caballo que es más bonito y me queda más cerca.

—Sí, a caballo pero a trote lento no lo vaya a tumbar la bestia y despúes me lo pisa un carro.

—No, Dios libre y guarde. Yo me voy despacito.

—Si usted viene del pueblo, baja; si va al pueblo, sube. Porque esto es así, no hay bajada sin subida y al que quiera que le cueste.

—¡Claro! Que se jodan.

En pendiente, ascendiendo rumbo al pueblo, rumbo al cielo, va la carretera de La Cascada a Támesis entre una nube de polvo pues se les olvidó asfaltarla desde que la hicieron hace cincuenta años, y así cada vez que pasa un carro ¡se levanta un polvaderón! Con dos o tres que pasen en una hora las casas de la orilla quedan bajo un mar de polvo que lo cubre todo: el fogón de la cocina, la mesa del comedor, las sillas del corredor, las camas de los cuartos, las bacinicas de las camas, y hasta el Corazón de Jesús que mantenemos entronizado en la sala con veladora prendida día y noche a ver si nos ganamos la lotería. Bueno, quedan no: quedaban, porque con el nuevo alcalde el problema se acabó: asfaltó la carretera y adiós polvo, asunto finiquitado. Antes de él cada vez que pasaba un carro de las casas de la orilla tenían que salir las mamás o las hijas grandes a mojar la carretera a baldados de agua para bajarle la arrechera al polvo. Que se asentaba, sí, pero por un rato, hasta que pasaba otro carro y vuelta a lo mismo, ¡a echar más agua y a bolear las tetas! ¿Y por qué, preguntará usted, no la regaban con manguera que es más fácil? ¡Ay por Dios, no sea ingenuo, cuál manguera! ¡Si Támesis era tan pobre y tan corto de luces que allá no había mangueras! Y así queda contestada de paso la pregunta capciosa de por qué no asfaltaba cada quien su tramo de carretera para que los carros no le empolvaran la casa. Tuvieron que pasar cincuenta años hasta que llegó un alcalde despabilado a terminar la obra. ¿Cuántos joules, pregunto yo, que es en lo que se mide la energía, u horas-hombre (o si prefieren horas-mujer) le economizó a Támesis el nuevo alcalde con la asfaltada de la carretera? A ver, digan una cifra y se quedan cortos. ¿Y por qué no la habían asfaltado antes los anteriores alcaldes? ¡Por qué iba a ser! Por malos, por ineptos, por desidiosos. Porque el funcionario colombiano no raja ni presta el hacha, no hace ni deja hacer. Ah, pero eso sí, cuando agarra la teta no la suelta. Es más fácil zafar una ventosa de una barriga preñada o una sanguijuela de una pierna. ¿Y se puede saber el nombre del nuevo alcalde? Valiente pregunta la suya, todo el mundo lo sabe: Carlos, mi hermano, el non plus ultra, el más verraco: Carlos I de Támesis que no tendrá segundo y quien cuando sale en su parihuela bajo palio bendice a la multitud.

Por la plaza principal y sus calles aledañas sale el flamante alcalde llevado en andas por cuatro hermosos muchachos que en la parihuela lo portan y con un palio lo protegen del sol. La parihuela la sacó de La Cascada, y el palio es el de la Virgen Dolorosa, la de la procesión del Santo Sepulcro el viernes santo, y se lo presta el cura, el padre Sánchez, su mancuerna: el mejor párroco que ha tenido Támesis en sus ciento cincuenta años así como Carlos ha sido el mejor alcalde. Va pues mi hermano en andas sobre mullidos cojines, más estolas, sobrepellices y brocados que también le presta el cura, bamboleado por sus mancebos entre oros y púrpuras mientras bendice a la multitud:

—*In nomine Patris et Filii et Spiritu Sancti. Gratia vobis et pax a Deo Patre nostro, populus tamesinus, dissolutus, formidolosus, sordidus, infidus, perfidus, sporcus, nefarius. Urbs sicariorum, putrida et putrefacta, ¡Dominus vobiscum!*

Es que Carlos se expresa en un latín hermosísimo que aprendió en el seminario de La Ceja con los salesianos. Allí, en ese seminario de ese pueblo frío fue donde agarró la costumbre de abrir sotanas ajenas: botón por botón las iba abriendo como quien desgrana avemarías de un rosario. ¿Los misterios que vamos a contemplar hoy son cuáles, Carlos, a ver? Suelto al mundo exterior y a la permisividad de la vida laica, de las sotanas Carlos pasó a las braguetas de botón, que eran las que se estilaban antes. Pero la humanidad, ay, que es novelera y con tal de cambiar todo lo daña, cambió los turbadores botones por una cremallera, y así la cosa es otra cosa. Bragueta de cierre apurado no aumenta el incendio del alma.

Pero volvamos a Támesis. Perdido en las montañas que les digo, ay tan lejos de aquí, bajo un cielo de azul desvaído cuando no cargado de nubes que se sueltan en lluvia mojando a los gavilanes, en un terraplén abierto a pico y pala en plena falda se alza Támesis, orgullo de Antioquia. Pueblo más bello no conozco, y miren que he viajado, he estado hasta en Kirgidstán. ¡Y con una vocación para la felicidad! Allá todos quieren ser felices. El problema es que la felicidad de los unos choca con la felicidad de los otros, hacen cortocircuito y se arma el pleito.

A Támesis lo conocí de niño, a los siete años. Quiero decir, siete míos y setenta de él pues él ya era un pueblo como soy yo ahora, setentano. ¡Ah, cómo junta el tiempo con su transcurrir a los niños con los viejos! ¡Cómo se nos va la vida, tan sin darnos cuenta, tan callando! Niños éramos Darío, Aníbal y yo. Darío y Aníbal, mis dos primeros hermanos. Después tuve otros, una veintena, pero el que aquí cuenta es el quinto, Carlos, que es el que sigue a Silvio, que es el que sigue a Aníbal, que es el que sigue a Darío, que es el que me sigue a mí. O mejor dicho me seguían pues ya todos emprendieron el camino de bajada al cementerio. Ahora juegan béisbol con las tibias y las calaveras en los campos de la muerte. A Carlos lo vi nacer. O casi. Lo conocí acabado de salir del claustro materno: *exortus utero* como diría él.

—¡A levantarse, niños —dijo papi despertándonos—, que les nació otro hermanito!

Refregándonos los ojos para salir del sueño nos levantamos y como zombis fuimos a ver. Ahí, en el cuarto matrimonial, bajo las miradas beatíficas de la mamá y el médico, sobre la amplia cama del sanctasanctórum estaba Carlos recién nacido pataleando en sábanas blancas.

—¡Mírenlo! —dijo papi mostrándonoslo, más orgulloso de su quinto vástago que ni que acabara de componer la Novena Sinfonía—. ¿No es hermoso?

—¿Lo podemos tocar?

—¡Claro, tóquenlo!

Lo tocamos y se sonrió. Luego, sin decir agua va, se soltó en un berrinche de padre y señor mío que nos puso los pelos de punta. ¡Qué iracundia, qué furor! Berrinche más desquiciado no he conocido y tuve veinte hermanos sin contar las mujeres ni los niños. Carlos acababa de tomar posesión de la tierra.

¡Y pensar que ese niñito que salió de ahí iba a ser el alcalde de Támesis! ¡Quién lo iba a decir! La vida nos depara tales cosas… No había sin embargo en esa casa, en esa fecha, astrónomo que consignara el prodigio y nos leyera las estrellas.

La carrera rumbo a la alcaldía de Támesis fue fulgurante. No digo que meteórica porque el meteoro cae y Carlos fue siempre para arriba, subiendo, ascendiendo, encumbrándose. Jurisconsulto de la Universidad de Antioquia con posgrado en la Universidad de Medellín y doctorados honoris causa de las Pontificias Universidades Javeriana y Bolivariana, Carlos fue inspector de policía en un barrio, primer secretario de la Embajada Colombiana en Madrid, y tuvo el gran honor de hablar ante la FAO donde dijo: "Hay mucha hambre en el mundo". Con la plata que juntó en Madrid más unos costalados de harina que le regalaron en la FAO se compró en Támesis, y en las vecindades de la finca nuestra La Cascada, una finca que bautizó La Floresta, en una loma conocida como El Hacha, muy nombrada porque ahí se apareció una noche de fiesta ante los vecinos congregados el padre Orozco, uno de los primeros párrocos de Támesis, de hace cien años y ya canonizado, para decirnos a todos, entre fuegos fatuos:

—Me enterraron vivo, hijueputas.

Eso, Carlos, es lo que hiciste tú al volverte de Madrid por nostalgia y enterrarte en ese pueblo de comemierdas llamado Támesis y en esa vereda de muertos de hambre llamada El Hacha. "Vereda", por si no lo sabe, en Colombia quiere decir caserío y antes las había de dos únicos tipos: conservadoras o liberales. Ahora están todas mezcladas. Hoy los liberales votan por los conservadores y mañana los conservadores votamos por los liberales. Nos hemos modernizado mucho, entramos a la era de la promiscuidad política. Todo cambia. Ya no hay misa en latín, se celebra en vernáculo.

En este mundo sidoso de costumbres relajadas, un día Carlos amaneció postrado: con diarrea y calentura, inapetente, delirante, estuporoso, nada se le antojaba. ¿Un caldito de pollo? No. ¿Una sopita de verduras? Tampoco. ¿Carnita de res deshebrada? Ni contestaba. Me acerqué a su cama, le toqué la frente y ardía en fiebre.

—Carlos, tenés que comer. Lo que sea. ¿No se te antoja un muchacho?

Una chispita le brilló en los ojos pero se apagó al instante. O sea, la cosa era grave, se nos iba a morir el hermano. ¿Qué tendría? ¿Sida? Ése era el terror de sus terrores. Como en Madrid había visto morir de eso a tantos… Mandamos de urgencia al pueblo por la doctora Rosa Luz Alegría, una infectóloga muy buena que le quitaba a Carlos los muchachos pero que lo quería mucho y se vino a caballo volando. En el término de la distancia se presentó.

—A ver, a ver, a ver, ¿qué tendrá el enfermito?

Y se enchufó el esfingomanómetro.

—Shhhh… Dejen oír.

Y tras una pausa expectante:

—Bien del corazón.

Luego le tomó el pulso y lo mismo:

—Magnífico.

Luego la temperatura. Y nosotros, nerviosos:

—¿Qué tal? ¿Muy elevada?

—Sí, un poquito, cuarenta y cinco…

—¿Cuarenta y cinco grados centígrados?

—Sí, pero ella cede. Va a bajar. ¿Ha andado muy parranderito últimamente el muchacho?

Y Memo, compungido y cabizbajo:

—Como siempre, doctora.

Lo examinó por arriba, por abajo, por fuera, por dentro... Y tras el concienzudo examen, guardándose el esfingomanómetro, en nuestro silencio expectante diagnosticó:

—¡Qué sida va a ser, es dengue!

—¡Ahhhh! —exclamamos todos con alivio—. Bendito sea mi Dios. Gracias, doctora, le quedamos eternamente agradecidos, usted lo salvó.

Pues bien, ese dengue que le encendía a Carlos la cabeza y lo ponía a delirar fue el causante de su desvarío: no bien salió la doctora se le metió en la cabeza que quería ser alcalde de Támesis y que lo teníamos que apoyar. Que Manuel con el plan de desarrollo urbano, que Julio con el forestal, que Antonio con la logística, que Luis con lo de educación y salud, que Gloria organizándole la banda de música, que John impartiéndoles seminarios de ética a los funcionarios públicos, que Aníbal montándole una protectora de animales, que Marta en restauración y mantenimiento del patrimonio cultural, que yo mandándole desde México por e-mail citas para sus discursos... Y así, función gratuita para cada uno de los veinte hermanos con extensión *ad honorem* a los cuñados y a las cuñadas.

—¡Pero cómo se te ocurre semejante locura! —protestaba Gloria—. Te va a matar la guerrilla.

—Y si no te mata la guerrilla, te matan los paramilitares —sentenciaba Antonio.

—Y si no te matan los paramilitares —argüía Julio— te mata lo que queda del cartel de Medellín.

Y lo uno argüía el uno y lo otro argüía el otro, todos tratando de disuadirlo. Como último recurso Manuel esgrimió este argumento que creía definitivo:

—Si lo lográs, Carlos, y te hacés elegir, vas a dejar a Memo viudo.

—Que se quede —contestó.

Memo es el mozo de Carlos y "mozo" en Colombia es amante: el que lo mantiene a uno o el que uno tiene que mantener, si bien en este matrimonio ambos cónyuges trabajan: Memo es dentista y Carlos alcalde. Porque del delirio de esa noche salió la alcaldía, que fue otro. Pero no anticipemos, vamos por partes, que primero es la campaña y luego las elecciones. Del sueño al hecho hay mucho trecho. Un candidato no es; un alcalde sí es. Muchos se quedan en candidatos; a alcalde llegan pocos. Entre candidato y alcalde hay el abismo inmenso de las elecciones, que hay que costear, que hay que aguantar, que hay que ganar, ganándonos las voluntades de muchos y las enemistades de más. En la balanza de las predilecciones en este platillo ponemos el amor y el afecto; en el otro el odio, el encono.

Con esta mirada mía de águila que desde arriba lo abarca todo todo lo sé, todo lo veo. Águila soy y cóndor de los Andes y gavilán pollero. Me

encumbro, me precipito, voy y vengo a mi antojo, domino el paisaje. Corto el aire a machetazos
diciendo ¡zuas!

—¿Y Memo? ¿Qué decía el pobre de todo
esto?

Nada. Oír y callar. Uncidos al mismo yugo
por la misma coyunda, la yunta de bueyes habría
de arar el mismo erial. El mundo gira, el río fluye, el tiempo pasa, todo cambia y el espejismo de
Támesis refulgía adelante entre brillos áureos.

Pues sí, la doctora Alegría estaba en lo cier-
to, su diagnóstico resultó acertado. Carlos no tenía sida sino dengue: el dengue del poder. Ése era
el que lo estaba consumiendo por dentro y lo ponía a delirar. A la mañana siguiente se levantó más
fresco que una lechuga y ya estaba en campaña:
uno por uno nos fue convenciendo a todos. Me
convenció a mí, convenció a Aníbal, convenció a
Manuel, convenció a Gloria, convenció a Marta…
A Memo no lo tenía que convencer porque el uno
pensaba por el otro. Dormían en la misma cama,
comían en el mismo plato, soñaban los mismos
sueños. Se amaban tanto… Pico aquí, pico allá,
entre arrumacos de palomos. Un "pico" en Colombia es un beso. Y dos son dos. No se le olvide
por si va y se los dan. ¡Pero qué importa! ¡Mejor
un piquito en la boca que un machetazo en la cabeza! Picos iban, picos venían, entre aguardiente
y aguardiente, porque borrachos ellos… El aguardiente les encendía el amor. Whisky no tomaban.

Ni ron, ni vino, ni vodka. Por patriotismo acendrado sólo aguardiente. Las Rentas Departamentales de Antioquia, que son las que lo producen, los condecoraron con medalla, diploma y garrafón.

—Carlos —le preguntaba Manuel tomándose con ellos el garrafón—, ¿y no se te antojan las viejas, que son tan buenas?

Que no. Que era más fácil sacar al Cauca de su cauce fijo.

—¡Y qué importa! —decía yo—. Si no se les antoja, déjenlos que eso no le hace mal a nadie.

Y en agradecimiento me obligaban a tomar aguardiente con ellos. Yo no tomo, ni fumo, ni tengo vicios. O sí, el tango. ¡Tengo una colección!

—¿Y La Cascada de quién es, suya o de ellos?

—Mía y de ellos, de los veinte hermanos, de todos nosotros.

—Pues hombre, una cascada partida entre veinte, ¿en qué queda? En un chorrito.

—¡Qué va! Si a esa cascada le pusiéramos una hidroeléctrica abajo le sacaríamos chispas hasta pa Venezuela.

—¿Y por qué no la ponen entonces?

—Es lo que piensa hacer el alcalde pero no en la cascada nuestra, que es privada, sino en el Río Frío, que es del pueblo: su megaproyecto eléctrico que será la obra de las obras de su alcaldía, la madre de todas las obras. Bandera de su campaña, el "Megaproyecto Integrado de la Cuenca de Río

Frío y del Distrito de Riego más grande del centro de Colombia" se le ha convertido en la piedra angular de su gestión. ¿En kilovatios cuánto es que vas a producir, Carlos?

—Un millón de un billón de un trillón de trillones.

—Ah...

—Támesis le va a vender electricidad a Ecuador, Perú, Venezuela, las Islas Caimán, Trinidad Tobago y las Antillas mayores y menores.

—Y a Guatemala.

—No, Memo, a Guatemala no porque Guatemala no paga. Guatemala está mal. Y Honduras peor. A ésos no les vendo.

—¿Y a Panamá?

—Sí, mi negrito, a Panamá sí, en Panamá sí creo.

Su "negrito" es Eufrasio, no Memo: un moreno de diecinueve años y ojos verdes, hermoso, apodado El Burro no sé por qué porque no es tan bruto.

—Eufrasio: ¿cuánto son cinco más dos?

—Siete.

—¿Y siete menos dos?

—Dejame pensar a ver... Cinco.

—Muy bien contestado, m'hijo: cinco.

Eufrasio estudia en el ITA, Instituto Técnico Agrícola, en el que recibe formación académica orientada hacia el campo y la agroindustria.

—Así que vas a ser ingeniero agroindustrial, hombre Eufrasio.

—Exacto. Ésa es la idea.

Tres veces ha repetido el segundo año de la carrera pero no porque sea tan burro sino porque es muy borracho. Gran tomador de aguardiente desde niño, hoy en día Eufrasio es una cuba. Carlos lo ama. Eufrasio no: ama el licor bendito que es maldito. Es una esponja: traga, traga, traga, no se sabe dónde le cabe. Por andar todo ventiado una noche en una moto que le compró Carlos casi se mata en el puente de La Pintada: se estrelló. El parapeto del puente le impidió que cayera al río, que si no, de ahí lo hubieran sacado días después sobreaguado con gallinazos encima. El Cauca no perdona. Es un río torrentoso, caudaloso, mentiroso. Más falso que el electorado de Támesis. Que es lo que siempre le dije a Carlos:

—Cuidate, cuidate, cuidate.

Pero como no me quiso creer… Que con su pan se lo coma.

La Cascada es un paraíso de cafetales, platanares, naranjales, limonares y le da nombre una cascada de tres caídas que esculpió Bernini. Imponente, hermosa. El agua se deshace en espuma y la espuma en copos de ilusión. Musgos crecen en sus orillas y matorrales, y bandadas de loros vienen de excursión cada tanto a conocerla. Pechiamarillos, mieleritos, azulejos, siriríes, barranqueros, garrapateros, cucaracheros, semilleros, caracaras, pichofués integran la banda Santa Cecilia del Cielo, una filarmónica de pájaros impresionistas, cromáticos, en colores alados. Pero el que canta la tonada del cafetal de Támesis en sus solos de flautín mientras la orquesta espera es un pajarito azul de antifaz negro, la *Dacnis turquesa*. De súbito se interrumpe el concierto, se suelta un aleteo y parten los músicos rumbo a los cuatro vientos en desbandada: acaba de entrar en escena el gavilán caminero. ¿Y culebras, también las hay? Sí, pero no venenosas. Su función es darle un toque de escalofrío al rastrojo. Pasan zigzagueando como relámpagos de tierra y se van. No las agarra ni el Putas, o sea nadie.

Pero bueno, La Cascada es una cosa y La Batea y La Floresta son otra. Estas dos fincas, la una de Memo y la otra de Carlos, son bonitas, pero la verdad no se pueden comparar con la nuestra. Casitas de corredores con barandales, tiestos de flores y macetas, un cafetal, un platanal y poco más. Paisaje lo que se dice paisaje la de Memo no tiene. Por detrás la de Carlos sí: el mismo cerro de La Cascada, el de Cristo Rey, esplendoroso.

—¿Y nos podría describir el cerro, por favor?

—Sí pero no, está en Internet. Búsquelo en Yahoo en la página web que abrió mi hermano catapultando a Támesis en la era de la informática.

Busque Támesis, Antioquia. Ahí está retratado. Si bien eso de que una imagen vale por mil palabras son cuentos chinos. ¡Cuándo una mísera foto va a producirnos la sensación de la montaña en persona que nos hace expandir el alma! ¡Jamás! Sería como comparar un muchacho en pelota con su foto. El Internet es pornografía.

—Entonces, según eso, enterremos a Balzac.

—Sí. Que se joda.

Que se joda que aquí vienen los loros verdes en bandada. Vienen de los Llanos, de decirle a Tirofijo dos verdades:

—¡Tirofijo hijueputa!

Y el eco:

—Puta, puta, puta… —va repitiendo como un demente el eco.

Salen enfurecidos de sus madrigueras y cobertizos el Mono Jojoy, Raúl Reyes, Romaña y demás lambeculos del hampón, con unos lanzacohetes tumbaviones dizque a dispararles a los loros para vengar el agravio hecho a su jefe. ¡Quién le da a un poema verde que se va! Loritos verdes de Colombia, efímeros como la vida, pasajeros, que nos dicen con la concisión de Cioran verdades eternas, dijeron bien arriba: Tirofijo hijueputa.

Y cuando han vuelto el Mono Jojoy, Raúl Reyes, Romaña y Tirofijo a sus quehaceres, a torturar rehenes, he aquí que vuelven los loros a refrendarles lo dicho con la muestra de su desprecio.

—Zshhhhh…. —pasan sobre ellos como una avioneta de fumigación y los dejan bañados en mierda verde.

En La Cascada Carlos les mantiene un platón de alpiste.

—¡Para qué, Carlos, si no cantan! Los loros hablan. Los loros comen plátano, como vos. Y con vino de consagrar se les suelta la lengua como a vos con el aguardiente. Decile al padre Sánchez, tu mancuerna, que te mande una botella.

Ahora la bandada de loros ha llegado al pueblo y ha aterrizado en Támesis con su magnificencia verde sobre los tejados bermejos. Y ahí los tienen, ahí están, pidiéndole a gritos a algún pintor que los pinte:

—Pintanos pues.

¡No saber yo pintar para apresarles en cuatro pinceladas sus almas apuradas, fugaces!

¿Saben qué les encanta también a los loros? ¡El chocolate!

De sus huevos la torpe avutarda, entre dientes feroz maldecía. ¿Cuál es el hijueputa más grande de Colombia? A ver. Adivinen.

Pasan los loros en bandada y le remachan al hijueputa la madre:

—¡Tirofijo hijueputa! Jua, jua, jua, jua, jua, juaaaaa…

Ya le tenía este hijueputa puesto el ojo a Támesis para aterrorizarlo con sus sicarios. ¡Pero qué! Vinieron los paramilitares y les dieron chumbimba. Noches lleva el hampón sin poder dormir ni cagar en paz en los rastrojos porque el ejército le va pisando los talones. Loritos cascabelitos, guíenlos, señálenle al ejército de Colombia el Hache Pe.

Yo estoy por la presencia del Estado. Por el orden, la honradez y la libertad sexual sin cortapisas. Que piche cada quien con quien quiera y que el niño aprenda. Y ése ha sido el mayor aporte de mi hermano a Támesis, su mensaje moral, su lección, por sobre la hidroeléctrica misma y el mercado de abasto y las diez escuelas y la reubicación de los vendedores ambulantes y la purificación del Río Claro y el asfaltado de la carretera y la iluminación de la carretera y la remodelación de la plaza y del cementerio para mejor uso de los vivos y los muertos, reconózcanlo, se lo tienen que agradecer. Támesis hoy en día gracias a él es un pueblo alegre y pichanguero, sin remordimientos sexuales que le corroan la conciencia y que son tan inútiles y feos y que tanto mal les hacen a los niños.

¿Y saben qué hizo Carlos en el cementerio apoyado por la Primera Dama Marilú y el padre Sánchez para el disfrute de los niños? ¡Les montó un jardín infantil, un parque de diversiones! Que para que le fueran perdiendo el miedo a la muerte. Con columpios, toboganes y mataculines, ¿que sabe qué son? Son unos sube y baja, balancines que al dar en tierra al bajar golpean en sus culitos a los niños.

—Ahí andan ese par de cacorros cultivando a los niños pa después echárselos cuando crezcan —dicen unos marihuaneros que pasan, ardidos porque Carlos les ganó las elecciones, mordiendo con la cerviz agachada el polvo de la derrota y a punto de explotárseles adentro el saco de la hiel.

Dicen "par" y "andan" y "cacorros" en plural refiriéndose a mi hermano, el alcalde elegido, y a Memo, el alcalde cívico. ¡Miserables! Decirle así a Memito, un alma de Dios, con esa palabra tan fea. Que tengo que explicar porque la Real Academia Española de la Lengua, que es realista y lambecuras y tiene un alma gazmoña que extienden como tapete rojo para que la pisen las infantas reales, no quiere oír, no quiere saber, no quiere entender, no quiere ver. "Cacorro", señorías, en Colombia quiere decir homosexual activo, siendo "marica" el que hace el papel pasivo.

—¿Y si en un arrebato de pasión se cambian?

—Ah, carajo, entonces ya sí no sé. Me puso usté en un quanúndrum. Para eso no hay término.

No hay pero no se preocupe que aquí se lo inventamos: maricacorros. Maricacorros ambidextros.

¿En qué iba? Ah sí, en que Memo es el alcalde cívico y Carlos el alcalde electo.

—¿Y entonces quién es la Primera Dama Marilú? Yo pensé que era Memo…

—No, m'hijo. Memo es el alcalde cívico, una especie de alcalde *ad honorem*, sin sueldo, pero que trabaja en bien del pueblo. La "alcaldía cívica" es una figura jurídica que Carlos inventó *ad hoc*, para su Memo. Ya la copiaron en Jardín, en Andes, en Jericó, en Chigorodó, en Betania…

Y Marilú Vásquez Velásquez es la Primera Dama por bondad suya y de su alma generosa, pues al ser Carlos soltero, esto es, sin cónyuge del sexo débil aunque sí con cónyuge del sexo fuerte, ella muy magnánimamente se ofreció para llenar el hueco. ¡Si vieran cómo mantiene el pueblo de florecido! Macetas por aquí, jardineras por allá, geranios, novios, bifloras que polinizan las asexuadas abejas.

Bajando de la plaza por la calle del poniente, a cuatro cuadras pendientes está el cementerio. ¡Ay, qué triste es bajar con el muerto paso a paso esas cuatro cuadras, y qué difícil volverlas a subir con el peso de su recuerdo! Para que los niños le pierdan el miedo a la muerte y se acoracen contra el dolor, sobre las tumbas que invaden el olvido y la hiedra Carlos les da clases de vida y les enseña la reproducción sexual y la asexual: cómo se reproducen los hombres, los políticos, los curas, los mafiosos, las abejas, y la hiedra Ritiña, que no es mujer sino hombre y de la que ya hablaré luego en las páginas dedicadas a los acaparadores de muchachos. Mi problema con los libros es que son sucesivos y yo soy simultáneo: todo lo veo y lo siento y lo quiero a la vez. Como Carlos, cuya alcaldía se me viene encima como una avalancha. Con esa alcaldía Colombia se jugaba su última carta y la quemó. Hoy Colombia son unas ruinas limosneras que sostenemos los que nos fuimos. Como votante tamesino, Colombia la damnificada extiende la mano y pide:

—Déme, déme, déme.

Y agradece, sí, como Támesis, pero mientras le sigan dando. Si el rico se cansa de dar, el pobre se cansa de agradecer. Para agradecimiento continuo caridad continua. La caridad es un pozo sin fondo, y el tiempo es sucesivo como un libro al que hay que irle pasando las hojas.

Volvamos entonces atrás para seguir adelante: a la Primera Dama Marilú y sus geranios y novios y bifloras y una planta exótica muy de allá, los anturios, que los hay en blanco, rosado, negro, amarillo y rojo. Los negros son los más raros. Los anturios negros que haya en Támesis salieron de La Cascada, de ahí se robaron la cepa. ¡Pero qué importa que se la roben! ¡Nos robaron el corazón! Sembramos flores, asfaltamos calles, limpiamos plazas, ponemos a sonar la banda... La banda Santa Cecilia del Cielo que nuestra hermana Gloria guía con su inspirada batuta.

—¡Bum! ¡Bum! ¡Bum! —van resonando las tubas, diciéndole al pueblo turulato que ya tienen nuevo alcalde.

—Ve, Marilú —dice Memo—. Aquí no van bien geranios. Sembrá bifloras.

—No. Geranios.

—No. Bifloras.

—Sembrá entonces unos anturios.

—Pero que sean blancos.

—No. Negros.

—Los negros son tristes.

—¡Qué tristes van a ser, son hermosos!

En ésas se la pasan el Alcalde Cívico y la Primera Dama, discutiendo de flores, en tanto Carlos construye, levanta, hace, y en las noches mientras proyecta y piensa y duerme con sus muchachos sueña. Sueña con su megaproyecto hidráulico y una cascada inútil que cae y se va.

—¡Cuánta agua-luz se estará desperdiciando mientras yo estoy aquí pichando!

Se pone los pantalones, toma el caballo y en plena noche vuela a ver. A ver cuál de las veinte caídas del Río Frío va a ser la de la hidroeléctrica. Con una linterna más la luz de la luna y la luz de las estrellas y una incierta luz de intermitencia palpitante que no son otros que los inconstantes cocuyos se orienta en la noche. Eufrasio lo acompaña. En el bolsillo trasero del pantalón trae una media de aguardiente, para Carlos y para él. El amor de estos dos tórtolos es una chimenea que en vez de leña arde con el licor bendito. ¡Shhhh! Le echan un aguardiente y se aviva. Le dejan de echar y se apaga.

—Eufrasio, mirá. ¿Qué ves? —le pregunta Carlos.

—Nada, está muy oscuro.

—Dejate penetrar por la noche y que te invada el paisaje callado. ¿Ya?

—Sí, ya.

—Pues esta oscuridad en nueve meses va a brillar de focos. Todo lo voy a iluminar.

—¿Y por qué en nueve meses?

Que porque era lo que se tarda una vieja preñada. Al final de cuentas el "Megaproyecto Integrado de la Cuenca de Río Frío y del Distrito de Riego más grande del centro de Colombia" iba a ser como un parto: el gran parto, el parto de todas las madres o la madre de todos los partos.

—¿Y le vas a dar luz también a los que no votaron por vos? —le pregunta Eufrasio.

—¡Claro, yo soy el alcalde de todos!

El que fue candidato de algunos y hoy es alcalde de todos no guarda resentimientos ni resquemores, es generoso. Si bien, la verdad sea dicha porque yo soy cronista imparcial, incomprable, a mí del burrito no me tocó nada, ni lo olí. Cuando una vez por la cuaresma regresaba yo de México a Támesis me lo escondía como cualquier Ritiña avorazada, no se lo fuera a quitar.

—¡Qué te lo voy a quitar, hombre, si burros es lo que sobra en este mundo!

—Pero no uno así.

Y naufragaba su delirio en esos ojos verdes delicuescentes.

—¿Y has visto la manchita negra que tiene en el derecho?

—¡Cuál manchita, marica, no veo!

Nadie ve lo que no tiene enfrente. A Eufrasio nunca lo conocí. Un día lo vi pasar a lo lejos, como una exhalación, a caballo.

—¿Quién es? —pregunté.

—El mozo de Carlos —me contestaron.

"Mozo" en Colombia es amante; segunda y última vez que lo digo y no lo vuelvo a repetir. Allá va Eufrasio a caballo, borracho, entre una nube de polvo rumbo a San Pablo, corregimiento de Támesis.

—¿Un burro a caballo?

—Ajá.

En San Pablo tiene una novia y otra en Palermo, el otro corregimiento de Támesis. Y una en cada una de las treinta y siete "veredas", o caseríos, que constituyen el municipio a saber: Campoalegre, Cedeño, La Matilde, La Mesa, La Pastora, Santa Teresa, Travesías, Pescadero, Otrabanda, El Hacha, Corozal, Río Frío, Río Claro, El Encanto… Y otras más que no recuerdo pero a las que fue Carlos, a todas, todas, todas, con Memo y Eufrasio en campaña. A todas las visitó. A todas les prometió. Que escuela, que luz, que agua, que carretera asfaltada. Candidato que no promete no llega. Y alcalde que cumple como Carlos es, cual se dice en Colombia la sabia, un güevón. Créanmelo. Cuando lleguen al poder embólsense lo que puedan y gástenselo en lo que sea: en putas, en yates, en compact discs. ¡Pero con esta honradez que nos heredó mi padre! ¿Qué estás haciendo ahora entre los muertos? ¿De qué te sirvió tu honradez? ¡Cuánto no hiciste por tu pueblo y ya te olvidaron! Ni a una escuelita le pusieron tu nombre. Tu nombre lo guardo yo en el corazón. Pero no lo digo.

Salían de campaña rayando el sol y regresaban exhaustos al caer el día en el par de bestias sudorosas.

—¿Tres en dos?

—Ajá. Carlos iba adelante en el Rayo, su caballo trotón, con Eufrasio en la grupa; y atrás, a cuatro cuerpos de caballo, Memo siguiéndolos en un borriquito.

—Memo —le decía Gloria que es una guasona—, vas como Cristo el Domingo de Ramos.

—A ver si el Domingo de Resurrección no te resucito al muerto —contestaba Memo.

El muerto era "Calinche" el primer marido de Gloria, un borrachín culibajito a quien mi hermana tiró por el balcón: viuda quedó con dos hijos que le han sacado canas. Mujer de armas tomar y muy verraca, con Calinche, sin embargo, la espantaban: que le iban a resucitar a la autoviuda el muerto.

—¡Qué carajos! Si me lo resucitan lo vuelvo a tirar.

Pero no, Calinche era el terror de sus terrores. Para mí que ella no lo aventó: resbaló borracho en la azotea en una cáscara de plátano.

Por caminos fragosos, vadeando ríos y quebradas (vale decir arroyos), ahí van los tres en sus dos bestiezuelas en campaña. Vereda tras vereda tras vereda, promesa tras promesa tras promesa. En todos lados había que prometer. ¡Y dar! Que déme, doctor, para esto, para lo otro.

—Déme, dotor, que tengo siete bocas que alimentar —le decía la buchona empreñada—. Pa la lechita de los niños.

Lechita la que te echaron en la chimba, parivagabunda.

"Doctor" le decían pues en efecto lo era: abogado. Allá todos son doctores: los médicos, los ingenieros, los arquitectos, los abogados. Hasta al narcotraficante Pablo Escobar (que en paz descanse) le decían doctor: el doctor Echavarría. ¡Sacaría en Harvard un doctorado en coca!

Una tarde preñada de nubes negras en una de esas visitas veredales de la campaña, un rayo le tumbó a Memo el sombrero alón.

—¡Uy, qué susto! —dijo el güevón—. ¡Casi me orino!

Mojado sin embargo acabó pero por el chaparrón que se soltó. Calados hasta los huesos regresaron esa noche a La Floresta, cuartel general de la campaña. Allí, entre aguardiente y aguardiente y en el corredor delantero, hacían el balance del día y fraguaban la estrategia del siguiente.

—¿Cuántos votos nos irá a dar Otrabanda? —se preguntaba Carlos—. ¿Veinte?

—Cincuenta —pronosticaba Memo.

Y Eufrasio:

—Yo digo que cien.

¡Ay m'hijo, qué verde está vusté en política, cien votos son cien pajas muy bien hechas! Cien votos les dará si acaso El Hacha donde vive Carlos y donde lo mantienen asolado.

—Qué va, aquí ni veinte, nadie es profeta en su tierra.

Es lo que dijo Carlos en El Hacha y me lo grabó Gloria en un videocasete y sacaron diez. ¡Diez en El Hacha! En El Hacha donde conocían a Carlos más que en cualquier otro rincón de esta vasta tierra y podían dar fe de su honorabilidad probada pues allí se alzaba su finca La Floresta, en cuyos cafetales muchos de ellos trabajaban y se ganaban el sustento propio y el de sus multíparas mujeres. Diez votos le dio, diez míseros votos. Yo sólo tengo un comentario que hacer: hijueputas.

Molidos por la jornada fatigosa y arrullados por los grillos y las homéricas cigarras que oyó Ulises en su Ítaca se durmieron esa noche. Luego se soltó la lluvia y bañó la vereda de los hijueputas y la dejó verde, limpia, rozagante. Qué rico es oír llover afuera mientras dormimos adentro calienticos arrullados por la lluvia los que tenemos casa. ¡Pobres los que no!

—¡A tierra que hoy vamos a catequizar a Pescadero! —gritaba Carlos saliendo del sueño, saltando de la cama y sacando de la cama a sus fieles escuderos.

Se chantaban las botas pantaneras, desayunaban su desayuno frugal (café negro con arepa), y sin más partían a caballo protegiéndose del importuno aguacero con costales impermeables de los que usaban para empacar el café. Camino a Pescadero salía el sol, sonreía la mañana y la vida volvía a pintar hermosa.

—¡Estas elecciones no nos las gana ni el Putas, que aún no ha nacido! —decía Carlos el iluso entre pedos de caballos.

Pescadero no es gran cosa desde el punto de vista electoral. Un caserío de veinte casuchas donde niños pululan desnudos entre las moscas con sus barrigas y sus nalgas y del que desertaron los hombres. No tiene carretera, no tiene luz, no tiene alcantarilla, no tiene agua potable, no tiene Internet.

—¡Y yo pa qué quiero "Internet"! —rezongaba don José Eladio, quien a sus noventa años bien cumplidos aún no se había conectado a la Red.

—Pa que se conecte, don José Eladio —le explicaba Eufrasio—. Una vez conectado, hunde usté un botoncito y le sale una vieja en pelota.

—Ah, si es así antonces yo me conecto y voto por ustedes —decía el viejo.

¡Qué iba a votar! No votó. O sí, por el Negro Alirio. Elegido mi hermano y viéndolo próspero y dadivoso, repartiendo aquí y allá los panes y los peces como taumaturgo, el viejo le decía a quien fuera para que se lo repitiera luego a Carlos en el pueblo:

—La próxima vez yo voto por el dotor Carlos que es el mejor.

—No va a poder, don José Eladio, porque en Colombia no existe la reelección. Un alcalde dura tres años y se va.

—Ah, antonces no vuelvo a votar por nadie.

¡Viejo güevón! Perdiste la oportunidad de conectarte al Internet y de que te salieran por chorros viejas en pelota. Pa vos no va a haber próxima vez. Ya te veremos en cajón de madera bajando las cuatro cuadras rumbo al poniente.

Alcantarillado para Pescadero, escuela para Campoalegre, energía para El Encanto, parque de recreo infantil para Río Frío, salón de bingo para los ancianos de Río Claro. Promesas, promesas y promesas a raudal como espuma de las cascadas, que bajaban riéndose:

—¡Jua, jua, jua, jua!

—¿De qué se ríen, idiotas?

—De ustedes. ¡Qué los van a elegir, maricas, les va a ganar el Negro Alirio!

Y se seguían de largo rumbo al Cartama que las llevaba al Cauca que las llevaba al Magdalena que las llevaba de paseo al mar. Habrían de tragarse su espuma de risa meses más tarde estas descocadas trocada en espuma de hiel. Carlos les pensaba sacar hasta chispas.

El Negro Alirio era un zootécnico egresado de la Escuela Agroindustrial, con dos mujeres, doce hijos, angurrioso y putañero, inculto como él. Creía que el latín que hablaba Carlos era la lengua oficial de un país llamado Latina.

—Ve, Alirio, ¿y dónde queda Latina?

—Por allá.

Pues a ese vago por allá se fueron a cagar tus ilusiones, Negro Alirio. Alirio Hincapié, ordeñador de vacas o ingeniero agroindustrial, era un iluso. Soñaba con que iba a soltar la ubre de las lactíferas para pegarse de la teta pública. No se le hizo. El reino de los cielos sólo es para los elegidos, los electos, nosotros.

Carlos cometió un error garrafal de estrategia al lanzar la campaña en abril, siete meses antes de las elecciones y antes que nadie, con un banquete luculesco amenizado por un trío en que comieron y bebieron en La Cascada novecientos alcohólicos sedientos de whisky y aguardiente y hambreados. Comieron, bebieron y se fueron dejando los cinco inodoros de la finca taqueados y después a votar por otros, por los candidatos que iban surgiendo semana tras semana como la Estrella africana, la maleza del café, una planta feraz que va invadiendo los cafetales pero que no hay que confundir con la roya y la broca, que son las plagas oficiales del cafeto y que lo asfixian. La roya es un hongo, la broca un gusano. Pues bien, amigo, la roya y la broca de Colombia son el partido conservador y el partido liberal que se cagaron en nosotros y en concubinato con la Iglesia nos pusieron a parir votos y ahora somos cuarenta y cuatro millones. ¿Se imagina usted lo que será organizar un banquete para cuarenta y cuatro millones?

—¡Y qué! —dice Carlos—. Lo organizamos. ¡Y que paran que muchachos nunca sobran!

Ese optimismo de mi hermano es el que me desarma. ¡Qué fe en la vida! ¡Qué convicción de que la felicidad es posible en este valle de lágrimas! ¡Y ese latín ciceroniano en que se expresa cuando se presenta la ocasión! No bien lo eligieron se pronunció desde el púlpito de la iglesia parroquial de Támesis, con la bendición del padre Sánchez, una homilía que empezaba:

—*Quo usque tandem abutere, Catilina, patientia nostra? Quam diu etiam furor iste tuus nos eludet? Abiit, excessit, evasit, erupit.*

Puntuando de tanto en tanto sus períodos ciceronianos con este estribillo:

—*Gratia vobis et pax a Deo Patre nostro, populus tamesinus, latro, sceleratus, sicarius.*

Gloria grabó la homilía y me la mandó en un casete. Por ahí ha de andar, traspapelada entre tanto documento.

El orador estrella del banquete era un político de todos conocido apodado Buñuelo porque como los buñuelos de Colombia, que son unas bolas fritas de harina con queso, se volteaba según le iba dando el calor convenenciero de la política para mejor freírse en el aceite. Este Buñuelo giratorio llegó a ser alcalde de Medellín, gran urbe y gran honor, pero por lo pronto, no bien acabó de hablar, comer y beber se fue de La Cascada despidiéndose de Carlos con el beso de Judas. Beso de político colombiano es picadura de araña, ponzoña de alacrán. Ese beso de Buñuelo a Carlos me recordó el que le dio, después de hartarse en la Última Cena, el Iscariote a Cristo. Los políticos colombianos son por esencia irreductible traidores. Y el electorado igual. En el momento del banquete, según las encuestas de sus estrategas, Carlos gozaba del noventa por ciento de la intención de voto. Era el mes de abril y las elecciones tendrían lugar en octubre. Una semana después de la gran bebeta y comilona surgió el primer contendiente, Gonzalo González, vendedor de perros calientes en el parque de Támesis en un carrito, y la intención carlista bajó al ochenta por ciento. Quince días después se postuló Francisco Ospina Zapata, ingeniero sanitario, y la intención bajó al setenta por ciento. Luego se postuló Juan Martín Vásquez, comunicador social, y ya andaba mi hermano por el sesenta. Luego Juan José Orozco, carnicero; luego Gonzalo Granada, tinterillo; luego Aníbal Zapata, tendero; luego Alirio Hincapié, ingeniero zootécnico; luego Germán Grisales, jubilado de un juzgado; luego Coño de tu Madre, talabartero… Y de candidato en candidato y de diez puntos porcentuales en diez puntos porcentuales, Carlos fue cayendo en el favor del electorado como una pelota por la Avenida Laureano Gómez, que es una escalera empinada de dos cuadras que baja de lo alto de Támesis hasta la base del pueblo. Y digo "baja" porque a pie no la sube nadie. Para subir la Avenida Laureano Gómez los tamesinos tienen que tomar globo aerostático. A Pastrana hijo o Pastranita, cuando fue a Támesis a lanzar su campaña para la presidencia de la república, que coincidió con la de Carlos, como le dio miedo subirse al globo lo tuvimos que montar en un canasto habilitado de silla e izarlo con poleas y sogas. ¡Qué desastre que fue Pastranita para Colombia! Se creía la paloma de la paz, y con el cuento de esta güevona le entregó medio país a Tirofijo para que se acabara de cagar en él después de lo poco que dejaron en pie los conservadores y los liberales. Terminado su mandato huyó a Cuba. ¿Dónde andarás ahora, Pastranita, hijueputica, mierdita de paloma? Me dicen que seguís en la isla bella, escribiendo tus memorias que te va a prologar Castro. No se te olvide el episodio de Támesis, cuando cagado de miedo te subieron por la Avenida Laureano Gómez jalado por una soga para que pernoctaras en la casa cural escondido bajo las faldas del cura no te fueran a matar Tirofijo y su guerrilla. De Támesis saliste para la presidencia a entregarles el país.

Pues bien, cuatro meses después del banquete Carlos se había quedado íngrimo solo, más desamparado que frailejón de tierra fría, sin padre ni madre ni estrategas aunque eso sí, con su Memito y su burrito. La recuperación de mi hermano a partir del momento cero en las encuestas será prodigiosa. De escalón en escalón fue subiendo la Avenida Laureano Gómez rumbo a la alcaldía del pueblo, al que entraba en triunfo el treinta y uno de diciembre aclamado por la multitud. La democracia es una puta, el electorado una puta, Támesis otra, Colombia otra más. Pero la calle de las putas de Támesis, toda, en bloque, al unísono y las monjas, salieron a votar por él. De no ser por todas estas sufridas y santas mujeres y el voto de los muertos mi hermano no habría llegado. Ahora bien, yo pregunto: ¿uno que es capaz de conjuntar las voluntades de putas y monjas y muertos en un solo sueño no merece ser alcalde de un pueblo? Las campanas de la iglesia se echaron al vuelo y la noche estupefacta ardió en fuegos de artificio. ¡Tas! ¡Tas! ¡Tas!, tronaban en el cielo los voladores abriéndose en paraguones de chispas y luces. Era el treinta y uno de diciembre, último día del año, último día del siglo, último día del milenio, umbral de la esperanza.

Pero qué rápido voy, se me desbocó el caballo. ¡Atájenlo que me tumba y después me pisa un camión! Yo no quiero terminar como los muertos de Carlos, saliendo una vez por la cuaresma del cementerio a votar por él.

Al día siguiente del banquete de los gorrones, y mientras mi familia restauraba los estropicios causados por ese domingo de farra a la finca y destaqueaba los inodoros, Carlos designó a sus dos más cercanos amigos, Ritiña y Lucho, mano izquierda y mano derecha suyas, como su avanzada en el tanteo de las veredas para que le fueran levantando, casa por casa y habitante por habitante, un censo de las necesidades y carencias veredales. Con el pretexto del informe iban el par de maricas de vereda en vereda a conseguir muchachos y a pelearse entre sí por ellos delante de niños, mujeres y viejos, dando un espectáculo bochornoso con el consiguiente desprestigio de mi hermano y caída en la intención de voto. Para Ritiña y Lucho la política era el homoarte de pichar. Importantísimos en esta historia y en general en la vida de mi hermano, sólo los pre-

sento hasta ahora por dos razones: porque sólo
tengo dos manos y no soy un pulpo. Ya años antes, en otras elecciones, Carlos había tratado de hacer alcalde a Lucho con el más indignado rechazo
del electorado. ¡Cómo iban a elegir semejante
marica alcalde de un pueblo decente!

—¿Y por qué no dejás esta vez a ese par de
rémoras que te desprestigian? —le insistíamos
todos.

¡Qué los iba a dejar si cojeaban del mismo pie
suyo los minusválidos! Vaca vieja no olvida el por-
tillo. El que prueba la jalea real quiere seguir chu-
pando. Fue la hiedra Ritiña el acaparador y
manipulador de muchachos más tenebroso que ha
parido en toda su triste historia Antioquia: feo, pobre, inculto, bruto pero marica entre los maricas,
creía que todos los muchachos bonitos que producía la tierra eran suyos, de su lujuria ambidextra. Y
no, Ritiña, los muchachos son bien público, míos,
tuyos, del cura, del concejal, del alcalde, del que los
necesite, y el que los necesite que los tome que para eso están según postula el Primer Artículo de la
Constitución de la República Soberana de Támesis. ¿O qué? ¿Para qué lanzamos este vasto movi-
miento? ¿Para seguir siendo un pueblo unido por
el cordón umbilical a Antioquia? Que entre a Támesis la modernidad y si Antioquia y Colombia se
oponen, lo separamos de estas vaginas devoradoras.
A fin de cuentas, ¿qué nos dan ese departamento y
ese país de menesterosos pedigüeños? Colombia

pare y pare y pare, pide y pide y pide. Ya montó en Ginebra una "Mesa Internacional de Donantes".

—¿Y le dan?

—Sí, coba.

Coba le dan a esta limosnera desvergonzada que ni se sonroja. Cual si viviéramos en el desierto bíblico del "Creced y multiplicaos", impuesto de soltería tuvimos para echarle leña a la paridera. E impuesto de ausentismo para los que nos íbamos a buscar trabajo afuera porque adentro no había, y que al volver algún día, en navidad, por nostalgia, a la patria, la patria nos cobraba.

—Tamesinos: Somos un pueblo en ruinas. No somos nadie, nadie nos presta, nadie nos cree, nadie nos da. Salvo una veintena de cascadas pedregosas nada tenemos. Para llegar a ser alguien y que nos respeten y digan quitándose el sombrero, ¡qué verracos, son el Putas!, vamos entonces a montar una hidroeléctrica que les saque leche a las piedras.

Tal el comienzo del discurso de lucidez portentosa con que Carlos esbozó por primera vez su Megaproyecto Hidráulico en la plaza de Támesis, el ágora, ante una multitud selecta de tenderos, carniceros, verduleras, vagos, borrachos, marihuaneros, rateros, cuchilleros. Esa tarde, mientras mi hermano hablaba, volaban los gallinazos carroñeros indicándonos con sus círculos concéntricos en el cielo en qué punto de las afueras de Támesis habían tirado una res muerta o un cadáver. El pueblo cerril le oyó hablar del proyecto como las tapias sordas oyen llover la lluvia. Ellos no querían proyectos, querían plata, y ya.

—Présteme, dotor, diez mil pesitos que estoy muy necesitado y tengo una mujer con siete hijos y esperando mellicitos y yo voy a votar por vusté —le anunciaba el campesino borracho que lo abordaba para echarle encima, con el sablazo y la falaz promesa de voto, el tufo de aguardiente.

—Dale a ver —le ordenaba Carlos a Memo.

Y el pobre Memo sacaba de una chuspa colgante de hippie que llevaba repleta de billetes de diez mil pesitos para lo que se ofreciera, uno p'al borrachito: pa que siguiera libando el hijueputa por cuenta del futuro alcalde, el güevón.

El güevón nos armó unas pachangas en La Cascada con sus presuntos electores… Cada sábado y domingo bajaba del pueblo a nuestra finca a comer y a beber, por cuenta de mi hermano y en perjuicio nuestro, la chusma, la horda, la turbamulta, la plaga de la langosta, la canalla: el noble electorado de Támesis que iba a votar por él, más los de Valparaíso, Jericó, Andes, La Pintada y Santa Bárbara, pueblos circunvecinos que votan por su lado pero que, enterados de que la finca nuestra se había convertido en un paseadero gratuito, centro turístico *ad honorem* para diversión pública por obra de un loco, ahí iban a comer y a beber y a seguirle, mientras comían y bebían, la corriente al loco. Y tras de comer y beber, pichar.

El último cuarto de la galería lo convirtieron en un pichadero heterosexual. ¡Los críos que se gestaron en ese cuarto esos sábados y domingos de campaña! Sabrá cuántos Su Santidad.

—A ver, doctor, expónganos ese proyecto suyo tan interesante de la hidroeléctrica.

Y como a un maromerito dócil de juguete de cuerda le daban cuerda al güevón. ¡Y a la piscina! ¡A bañarse los asquerosos con sus patas sucias y sus culos sucios en la impoluta piscina para dejarnos sus limpias aguas, cuando por fin se marchaban todos salvo los que se quedaban en el último cuarto de la galería pichando al anochecer, de un sospechoso color lechoso, amarillento, en cuya turbiedad orinecida pululaban los renacuajos cabezones de los espermatozoides! ¡Ah, qué fin de domingo y qué principio de lunes! Mi familia anochecía el domingo y amanecía el lunes enderezando matas, reparando daños, limpiando piscinas y destaqueando inodoros de secreciones vaginales de puta, excremento electorero y vómito de borrachos. Papi, qué bueno que te moriste y no viste en lo que quedó convertida tu finca. En el portón de la finca, donde empieza el camino de entrada al paraíso, rezaba en mármol el nombre de un sueño, La Cascada; el pueblo vil le cambió con un cuchillo la ese y la ce internas por una ge y leyó ahí nuestra deshonra y su obra: "La Cagada".

La homosexualidad u homosexualismo o maricacorrería o maricacorrismo de Lucho y de Ritiña tenía visos de demencia. Y se lo digo yo que tengo mucha cola que me pisa. Eran ríos de lujuria desbordados. No los paraba nadie. Ni sus mamás, ni sus papás, ni el cura, ni el candidato, ni el alcalde. El "Informe de las Carencias Veredales" fue el que tuvo que levantar Carlos en persona cuando, con la sola compañía de Memo, Eufrasio, el caballo y el borrico, fue de vereda en vereda oyendo quejas y atendiendo súplicas: repartiendo pa la lechita de los hijitos los billeticos de diez mil pesitos que iban saliendo como humito de la mochilita de Memito. ¡Qué pobreza tan hijueputa la de Colombia! Colombia, mamita, ¿por qué eres tan pobre? Me hubiera gustado haber nacido de las entrañas de un país rico forrado en oro... Y de pelo rubio y crespo como el de Carlos y con su nariz perfilada. En el reparto de los genes, ay, me tocaron los de una nariz grande y fea. Pero yo no soy así. ¿Cómo semejante nariz socrática, rendona, puede ir delante de mí a todas las reuniones? ¡Qué pinta en cambio la de mi hermano! Las muchachas se enamoraban de él. Y él de los hermanitos de las muchachas. ¡Fue un enamoradizo en vida! Muerto no sé. Carlos: donde quieras que estés en el pozo ciego de la nada corrígeme si yerro: ¿no eras un Apolo del Belvedere? ¡Qué afortunado Támesis que te tuvo y qué sabio cuando te eligió! Y ahí vas en mi recuerdo en andas bajo palio bendiciendo a la multitud.

—¡Marica! —refunfuñaban las huestes derrotadas cuando lo veían pasar en el apogeo de su gloria.

Se las habrían de cobrar, sin embargo, según se irá viendo en el apurado transcurrir de esta crónica. Ciento cincuenta tutelas le montaron, de las que él les rebotó ciento cuarenta y tres, pero de las que siete le dieron de lleno en el corazón. ¿Sabe qué es una tutela? Para el que no sepa diré que una tutela es una figura jurídica destinada a proteger a los ciudadanos de los funcionarios y que introdujo, entre sus doscientas veintitrés erratas, la última Constitución de Colombia, la que apadrinó el marica de Gaviria para salvaguardar los intereses de Pablo. ¿Saben quiénes son Gaviria y Pablo? ¿Sí? Entonces no pregunten. Y sigamos.

La primera vez que oí hablar de la "acción de tutela" o "tutela" o "acción tutelar" fue en México cuando mi hermana Gloria, que había venido a visitarme, me contó, apretándose la barriga para no reventar de risa, cómo por una tutela había muerto Flavio Ramírez, lejano amigo nuestro con quien íbamos a dar serenatas de guitarra, violín y voz, siendo la suya, de tenor, magnífica, comparable en magnificencia tan sólo a su tacañería en avaricia. Flavio no gastaba ni en papel higiénico.

—¡Para qué! —decía—. Para eso está El Colombiano.

O sea el periódico de Medellín, el pasquín de Juan bobo.

Pagó Flavio durante años cotizaciones obligatorias a la Caja de Previsión Social, una compañía estatal de seguros médicos o atracadores de la salud, y cuando se retiró, para no haber pagado tanta plata en balde, se inventó una enfermedad del corazón. Le hicieron todo tipo de chequeos y nada, tenía un corazón de veinte años. Entonces furioso, sintiéndose engañado, le puso a la Caja de Previsión una acción de tutela, y tras un pleito que se arrastró dos años se la ganó, y tal como él quería lo tuvieron que operar: le hicieron una operación a corazón abierto y le trocaron la vena de una pierna en aorta: murió en la operación. Lo sacaron en camilla de difunto con los pies por delante. ¡Ay Flavio, qué bueno que les ganaste la tutela a esos asquerosos de la Caja de Previsión! ¡Lo que nos hiciste reír! Nos acordamos mucho de ti en México.

Las tutelas son de dos tipos: justas e injustas. Las justas son las que lo benefician a uno; las injustas las que no. Los jueces que dictan las primeras son unos magistrados pundonorosos; los que dictan las segundas, unos hijueputas. En sus ciento cincuenta tutelas Carlos dio con ciento cuarenta y tres magistrados pundonorosos; siete le resultaron unos hijueputas. Estos siete hijueputas lo refundieron en el Comando de la Policía de Támesis dos semanas. No lo metieron a la vulgar cárcel del pueblo porque mi hermano era todo un señor: con las llamadas de solidaridad y aliento les colapsó, como se dice ahora, el sistema telefónico a los policías del Comando.

—Carlos —le decía al otro lado de la línea una voz—, vos podés ser todo lo marica que querás, ¡pero honorable!

Honorable, sí, y generoso. Carlos quiere a los pobres; yo no. Carlos hace la caridad; yo no. Carlos se duele de la desgracia ajena; yo no. Carlos tiene fe en la vida; yo no. Carlos reza; yo no. Carlos siembra; yo no. Carlos construye; yo no. A Carlos le gustan los muchachos; ¡a mí también! Y esta característica esencial, acaso producto del azar de los genes, nos hermanaba. Debo sin embargo consignar aquí, por amor a la estricta verdad, que la generosidad de Carlos en tratándose de muchachos y conmigo, ahí topaba. ¿Me podrán creer si les digo que en pleno furor de su reino lo más que me dio fue un negrito del Cartama que ni le llegaba a los tobillos a cualquiera de sus portalcaldes, y ni se diga a Eufrasio el Burro, un coloso colosal? Yo en cambio, en mis tiempos, cuando tuve muchachos a raudales los regalé a manos llenas; nunca me ató para dar la posesiva, el pulpo que le atenazaba el alma a Ritiña. Para mí que Lucho y Ritiña le contagiaron a mi hermano la roña de la mezquindad. No importa, Carlos, desde aquí te perdono. ¡Qué se va a poner uno a estas horas de la vida con requeñeques a los muertos!

Con los muertos lo que sí hay que hacer, una vez por la cuaresma, es sacarlos a votar. Te lo agradecen mucho porque se orean. Alcalde de los vivos, Carlos fue a la vez alcalde de los muertos pues por ellos fue elegido. Cuando estaba en mano a mano en el recuento de los votos a las seis de la tarde del veintidós de octubre pulsando con el Negro Alirio, ellos inclinaron el fiel de la balanza.

Los muertos razonan bien. Lejos de las pasioncillas mezquinas de estos poblachos y de las consejas comadreras, alcanzan a ver con largueza el panorama. ¡Claro, hay que motivarlos, pero a quién no! Y disciplinarlos. ¡Cuántas noches no se pasó Carlos instruyéndolos en el cívico ejercicio de votar, entrenándolos en simulacros de elecciones!

—¡Pónganse las pilas, muertos —los exhortaba—, y vayan sacando sus cédulas que de hoy en ocho son las elecciones y van a salir a votar!

Y acto seguido les pasaba lista:

—Ramón Giraldo Naranjo.

—Presente.

—Adolfo Naranjo Giraldo.

—Presente.

—José Humberto Moncada Valencia.

—Presente.

—Alma Rosa Moncada Parra.

—Presente.

—Anatilde Moncada de Moncada.

—Presente.

—Gildardo Parra Valencia.

—Presente.

—Clementina Restrepo de Parra.

—Presente.

—Presbítero Braulio Restrepo Orozco.

—Presente.

—Pedro Orozco Cárdenas.

—Presente.

—Fabiola Cárdenas de Restrepo.

—Presente.

—Gilma Rosa Valencia Álvarez.

—Presente.

—Rosa Gilma Álvarez de Valencia

—Presente.

—Hipólito J. Cárdenas.

—Presente.

—Rafael J. Mejía y Mejía.

—Presente.

—Aníbal Vallejo Álvarez.

—Presente.

Cuando Gloria, que espiaba detrás de un túmulo y ya se estaba durmiendo aburrida, oyó que llamaban a lista a papi, muerto hace veinte años, cayó fulminada por un patatús. Horas después recobró el sentido para encontrarse con un chichón en la cabeza, sola en grima, en el gélido silencio de la noche tumbal del camposanto. Desde una mata de plátano una presencia fosforescente la llamaba:

—Vení, vení…

¡Plas!, volvió a caer fulminada.

Al amanecer, ojerosa y desgreñada, pálida, se presentó en La Cascada donde la estábamos buscando desesperados, furiosa con Carlos.

—Irresponsable, descarado —le increpaba—, conque sacando a papi a votar en unas elecciones fraudulentas.

—¡Y qué! —respondía el increpado—. ¿Voy a dejar desperdiciar su cédula?

—¡Qué importa que se desperdicie una maldita cédula! Aparte de esta Cascada lo único que

papi nos dejó fue una honorabilidad a toda prueba. Y ahora vos la vas a echar por la borda.

—¡Cuál borda! —replicaba el candidato—.
Si los muertos quieren tener derechos, ¡que voten!

No entendíamos un carajo. Calmamos a
Gloria con una infusión de manzanilla envinada
y nos contó, nos contó el sacrilegio. Nos quedamos
turulatos.

—¿De veras, Carlos?

Dos días después, sobre una de las largas paredes encaladas de blanco del interior del cementerio amaneció esta leyenda: "Muerto: no dejes
que otros decidan por ti, vota". Y firmado "Campaña Carlista".

—Seguro que fuiste vos, Memo, el que la
pintó —le decíamos al futuro alcalde cívico.

Y él, haciéndose el pendejo:

—¿Yo? ¡Qué va!

—Te quedaron las letras desflecadas, como
de película de Drácula.

¿Se acuerdan de ese médico partero que estaba junto a mi mamá cuando vino al mundo Carlos? Pues ése era uno de los muertos que Carlos
convocaba a votar: el doctor Rafael J. Mejía. Su es-
clarecido nombre se lo pusieron al Liceo de Varones de Támesis, semillero de bellezas, de donde
Carlos sacó alguno de sus portalcaldes. Fiel a quien
había traído a la vida hasta por sobre el paredón de
la muerte, el doctor Rafael J. Mejía y Mejía votó
por él. Aquí le hago un reconocimiento público.

Y otro a quien también debo mencionar en estas páginas agradecidas es a don Emigdio Parra Hincapié, campesino de honradez acrisolada que había conocido a mi padre de niño. Cuando todos le dieron la espalda a mi hermano tras el banquete de los gorrones, él siguió con él. ¡Un viejito de ciento cinco años!

—¡Pero por Dios cómo va a votar por ese volteado, don Emigdio! —le decían los muy bellacos—. Con todo ese muchacherío en esa cascada bañándose en pelota.

—¡Y qué! —contestaba el viejo—. ¿Acaso vusté se baña vestido? No me diga que vusté nunca se lava las pelotas.

Y ya elegido alcalde mi hermano para regocijo del viejo, seguía en torno suyo el ronroneo de los mezquinos:

—Ahí tienen a ese degenerado toda la noche montado en El Burro.

—¡Y qué! —replicaba el viejo—. Pa eso son los burros. ¡Pa que uno se monte en ellos!

—Usted sí no entiende un carajo de nada, don Emigdio.

—¡Claro que entiendo! Lo que pasa es que vustedes le tienen envidia a don Carlos porque tiene un burro.

Y de ahí no lo sacaba nadie. Y tenía razón el viejo, un burro es un burro y el que tiene un burro en un pueblo pobre está rico.

Ver pichar y no pichar produce envidia, es muy humano. ¿Por qué no les diste, Carlos, a esos envidiosos siquiera el negrito del Cartama que me obsequiaste a mí, los mendrugos del banquete, para callarles la boca? "Vientos de libertinaje soplan sobre Támesis" decía un pasquín contra Carlos que apareció una mañana pegado en las paredes del pueblo. Al que Carlos contestaba en su homilía dominical desde el púlpito citando a Tirso:

—"Carta sin firma es libelo que contra sí mismo hace quien no osa poner su nombre por confesar que es infame". Vientos de libertad van a barrer esta Arcadia de toda su basura opositora con la bendición del de Arriba.

Piche, amigo, mientras pueda y se le pare que vida no hay sino una sola y lo que no se coma usted después se lo comerán los gusanos: los gusanos de la Muerte que se le tragarán todos los resaltos y los orificios, las ilusiones y las ambiciones. Bueno, digo yo, ése es el Primer Mandamiento de mi decálogo. A su debido tiempo ya le iré diciendo los otros.

Mientras papi vivió La Cascada le estuvo vedada a la chusma fisgona. Era la finca nuestra y la de nadie más. En aras de su campaña Carlos les abrió de par en par el portón. Que la reunión de los comerciantes, que la reunión de los conductores, que la reunión de las juventudes, que de las mujeres, que de los ancianos, los deportistas, los políticos, los desempleados, los desarrapados, los venteros, los tenderos, los carniceros, los educadores, los educandos, que iban llegando a La Casca-

da a expresarle su apoyo a Carlos y a bebérsele el
aguardiente y a comérsele los sancochos, las frijo-
ladas, las tamaladas, las chorizadas, las marranadas
que mi sufrida familia les preparaba a ver si el dengue del poder no alcanzado no nos mataba al candidato. Que nos preste don Carlos la finca y la
piscina para la convención del gremio tal. Para el
bautizo del bebé, el cumpleaños de la niña, la primera comunión del niño, la boda de mi hermana, la chimba de tu madre, el bingo de los viejitos.
Y preste y preste y preste y destruyan y quiebren
y arrasen: vasos, copas, vajillas, jardineras, pianos,
todo al demonio. La cocina hubo que ampliarla y
a la piscina hubo que adecuarle nuevos filtros. Carros y motocicletas volvieron un barrizal el camino de la entrada. Y un día, puesto que a todo se
le llega el día, que empiezan a transmitir por la
emisora de Santa Bárbara esta cuña cantada que
uno de los contendientes de Carlos pagó:

> Saquen burros y caballos,
> yeguas, mulas y potrancas,
> que hoy vamos en cabalgata
> a beber a La Cascada.

Y una carcajada tremebunda cerraba la cuña:
—Jua, jua, jua, jua, juaaaaa…
En la vereda El Hacha, donde desde que
amanece hasta que anochece oyen todos Radio
Santa Bárbara, treinta radios al unísono repetían
cada media hora la carcajada horrísona:

—Jua, jua, jua, jua, juaaaa…

Y se iba la carcajada como una culebra lo-
ca serpenteando y rebotando por alcores y hon-
donadas.

Cabalgatas empezaron a llegar a La Cascada
de Jardín, de Jericó, de Andes, de Valparaíso, de
La Pintada, de Santa Bárbara, a expresarle su apoyo a Carlos y a beber, a comer, a pichar como si
el mundo se fuera a acabar. ¿Y Memo? Sirviendo.
¿Y Gloria? Sirviendo. ¿Y Aníbal? Sirviendo. ¿Y
Manuel? Sirviendo. Treinta hermanos que parió
la santa sirviéndole a una turba de desfondados. ¿Y
yo? Su servidor llevándoles vaselina y papel higiénico a los del último cuarto y ayudándoles a limpiarse el pito y la concha. Lo más que hizo Cristo
el humilde fue lavarles los pies a los apóstoles: yo,
lo que les dije. El Segundo Mandamiento de mi
decálogo reza: No le des, güevón, de comer a la
chusma para que te adulen y te elijan: que coman
mierda y voten por su puta madre.

Y sin embargo Támesis con sus casas de dos
pisos de balcones de chambranas y sus tejados
bermejos era un pueblo hermoso. Y esa cascada de
San Antonio saltando sobre el pueblo desde el cerro de Cristo Rey en taumaturgia permanente, pin-
tando en el vacío con sus aguas un prodigio. ¡Ni
la veíamos! El que es feliz no ve la felicidad que tiene. Por andar conectados los unos con los otros
por la Red, dejamos de ver de día las cascadas y
de noche el límpido rodar del cielo. De los vein-

te mil habitantes que tenía Támesis ni uno sabía distinguir a Venus de Júpiter.

—¿Y ésa quién es? —le preguntaba yo a un portalcalde señalándole la estrella matutina-vespertina, la mamagallista Venus.

—Una estrella —respondía el güevón.

—No papito, es Venus. Venus que unos días sale al amanecer y otros al atardecer por joder.

—Ah —decía abriendo su boquita hermosa el angelito.

Con todo y el retroceso del ser humano, por estas veredas siguen pariendo bien. Los milagros impensados que por aquí se dan son obra de los putos genes.

Los gringos, que todo se lo roban, nos espiaban desde arriba por encima de las nubes con sus satélites a ver si nos podían robar también, además del café y la cocaína, el secreto de la felicidad. ¡Ilusos! La felicidad no se hizo para ustedes. ¡Güevones!

—¡Y arranquen, loros, que vamos al megacierre de campaña de Carlos en la plaza!

Y ahí vamos en bandada los loros partiendo de La Pintada rumbo a Támesis de curva en curva curviando, siguiendo la carretera. Los loros, ay, no volamos alto como los gallinazos. Somos de vuelo bajo y no planeamos, tenemos que aletear. Así que aletee, amigo, o se cae. ¿Ve abajo una finca hermosa que baña un río? Ésa es Montenegro, finca que fuera del Fondo Ganadero de Antioquia, centro de experimentación de ganado cebú con fines de mejoramiento de la producción de carne, y hoy de unos mafiosos. ¿Y ésa? Ésa son Los Cedros, creo que también de unos mafiosos, pero no me crea. ¿Y ésa? Ésa es Monteloro. De otros. Ah no, de unos señores muy honorables, los Escobar. Desde arriba uno no distingue el oro de la escoria. La que sigue, la de los lagos, son Los Lagos, de una diputada a la Asamblea Departamental. Ahora estamos sobrevolando a Nacarí, hoy en manos de la naturaleza, antaño de unos mafiosos que mataron unos sicarios llegando a La Pintada. Y ésa es Bolaño, de la familia Uribe, muy honorables ellos, amigos de mi papá. Pero aletee, aletee o se cae, que a estas alturas no hay posibilidad de planear. Ése es el problema de nosotros los loros, que nos ha sido negada la amplitud del vuelo, pero en compensación nos han dado el don de la palabra en virtud de esta lengua gruesa que comparte con nosotros la más inspirada de las tres personas de la Trinidad Santísima, el Espíritu Santo.

¡Ítima!, de Ramón Hincapié, donde papi se tomaba siempre el primer aguardiente del resto del viaje para agarrar impulso y coronar la carretera y seguir bebiendo en La Cascada y nosotros con él. Pero no se me dispersen, loros, cierren el escuadrón o nos desconcentramos. Andar con doscientos loros en campaña no es tan fácil. Cada quien quiere tirar por su lado y desgarrar la colcha verde. Don Ramón tenía lechería y levantaba los terneros en las orillas de la carretera. Con el pasto que les robaba a las orillas alimentó sus vacas y con la leche que le daban las vacas levantó sus quince hijos, que son muchos pero al lado de nosotros pocos. Ese pasto de las orillas se llama "india" y es muy cortante. No lo pruebe que le corta su lengua gruesa. Ah, La Coqueta. Y esa otra La Fabiana. ¿Ve que ahí se bifurca la carretera? A Támesis, anuncia el anuncio, dieciocho kilómetros; diez a Valparaíso; y diez a La Pintada.

—¿Ya llevamos diez kilómetros?

—Así es.

Esta Fabiana está sobre una falla geológica. ¿Ve esa ranchería que hay abajo a lado y lado de la carretera? Son desplazados. Cada que tiembla la tierra les tumba las casas. ¡A unos pobres desplazados, desposeídos, desarrapados! ¿Por qué será que Dios es tan malo? Porque no me venga a decir ahora que Dios no es el que tiembla. Él es en última instancia, pues siendo la Causa de las Causas, Él es el que mueve la tierra.

—M'hijo, no hablemos ahora de religión —me dice papi.

¡Como él estudió en el seminario! Nos hace creer que cree en Dios, aunque yo sé que en su fuero íntimo no cree.

¿Pero dónde voy? ¿Volando arriba con los loros a cien palmos de la tierra, o rodando abajo por la carretera en el Mazda de papi entre el polvaderón? Voy donde voy y soy el que soy y sigamos. Allí abajo está Pescadero, estadero sobre el río Cartama, donde comienza el municipio de Támesis.

—¿No siente como una palpitación en el corazón?

—No.

—¡Claro, como usted no es de aquí! Usted es una lora forastera. Y no me venga a decir ahora que no sabe qué es un estadero.

—Sí sé.

—Entonces sigamos.

A la altura de Pescadero y en plena carrera del Cartama, se encuentra la Cascada del Amor, una cascada benigna, poco empinada, que va cayendo de a pasitos, ¡tas! ¡tas! ¡tas!, mientras se bañan en ella, en minúsculos trajes de baño los enamorados. Los minúsculos trajes se los quitan en cualquier descuido del resto del paseo, y ocultos en los rastrojos se dan a practicar un ritual extraño que ellos llaman dizque "el amor", y se entregan dizque a "hacer" el amor pero hacer lo que es hacer no hacen nada. ¿Qué fabrican? Nada. Nueve meses después les nacen loritos, o sea hijos, pero nada tiene que ver nada con nada. Los hijos y los nueve meses son pura casualidad. En Pescadero el otro día en un paseo mataron a un señor. O mejor dicho, otro. Ya van como veinte. Y seguirán más porque aquí hay un pleito casado entre los Uribe y los Serna. Los Serna están en la ribera de Támesis, y los Uribe en la de Valparaíso.

El lindero de las dos fincas es el río, en el centro, y a pocos metros del puente se forma una isla que en una época del año queda unida a Valparaíso, y en otra a Támesis, según la fuerza del agua. Esa franja de tierra movediza o ínsula Barataria medio año pertenece a los Uribe y medio año a los Serna.

—¡Uy, se van a matar!

—Ajá. Pero sigamos.

Siguiendo por sobre tierras de los Serna hoy parceladas viene la finca de la Bruja Duque, ex notario de Medellín y representante a la Cámara; luego la de Bernardo Naranjo que fue alcalde de Támesis pero cuando no era gracia: a los alcaldes los elegía el gobernador por dedazo, no como ahora en elecciones limpias por la voluntad popular libremente expresada.

—Que es a lo que vamos.

—Exacto.

Potosí, del doctor Giraldo, ya fallecido pero que va a votar por Carlos. Y ésa, la del molino de viento ex molino de caña es El Pencil, gran productora de panela que comprara el difunto Moncada a quien Pablo Escobar ejecutó en La Catedral como es de todos sabido, y posteriormente pasó al hijo de Mariano Ospina Hernández que hoy cumple cadena perpetua en los Estados Unidos por hacer felices a los gringos con un polvito blanco. Rodolfo el hermano se encargó de los negocios de la familia acompañado de su señora mamá la señora Baraya. Hoy, ya libre de pecado,

El Pencil es una bella plantación de cítricos como si de California se tratara. Ahora bien, si El Pencil por un incierto molino de viento vale mil millones, ¿cuánto valdrá La Cascada? Una finca con cafetales, platanares, limonares, naranjales, con vista por delante y vista por detrás y una cascada de tres caídas como las de Cristo, ¿cuánto valdrá?

—¿Y dónde está ese paraíso?

—No se apure, que ya casi llegamos. Vaya conteniendo la respiración.

Mientras hablábamos hemos cruzado la Cristalina y el Río Frío y los galpones de gallinas de El Papayal. Ahora vamos en La Nacional, que hoy pertenece a la Compañía Nacional de Chocolates y que fuera de Esperanza Restrepo y su marido, amigos de papi. Y henos aquí en las partidas Támesis-Palermo. ¿Sí ve que la carretera otra vez se bifurca? Támesis a ocho kilómetros, Palermo a cuatro, veinte a La Pintada.

—¿Veinte ya? ¡Cómo se va la vida, qué rápido es el viaje!

—No, no es tanto, es que así es el vuelo.

Seguimos rumbo a Támesis. Palermo no. Palermo es un corregimiento de Támesis pero no da para megadesfile aéreo y Carlos ya lo tiene muy catequizado. Vamos es rumbo al corazón del municipio, subiendo, subiendo. Sube la carretera y vamos subiendo nosotros sobre ella. Lourdes, El Tabor, Villa Rocío. Villa Rocío, antes del mayor Castaño, yerno de Carlos Hurtado, hermano de

Antonio Hurtado, que fuera rico pero que ya no lo es pues ya murió pero que va a votar por Carlos, y ahora de un tío de Margarita Peláez, la primera mujer de Manuel, mi hermano, el que trabaja en el municipio de Medellín en Planeación planeando. Pero aletee, m'hija, que no tenemos posibilidad de planear porque no somos gallinazos. La que no aletee se cae. ¡Y lora caída en campaña!

La Florida, de Jorge Herrera, antes rico y hoy venido a menos, y la quebrada El Tabor. Esta quebrada hace años se emputó y se llevó diez casitas: ciento cincuenta damnificados dejó, con los que cargó el gobierno, o sea el aire, o sea el viento. Agua y aire y viento es de lo que hay por aquí, de lo que no escasea. Diez casitas se llevó en su crecida la quebrada El Tabor, más un beneficiadero de café y el puente. Arrasó hasta con el nido de la perra.

Tres o cuatro finquitas sin importancia, una de ellas del doctor Tirado a quien secuestraron, y por fin Río Frío, estadero de Las Clavellinas, donde tiene una parcela don Jesús Castañeda, maestro mío en el Liceo de la Universidad de Antioquia, y quien a lo mejor ya murió, cosa que habrá que verificar a ver si es del caso irlo a catequizar para Carlos. Estadero de La Mesa, tan solo como siempre, sin un alma en pena, y a la derecha La Cascada, la maravilla nuestra que desde la carretera no se ve.

—Paremos entonces y entremos.

—No, hoy no. Hoy no se puede. Hoy vamos de prisa rumbo al pueblo a cumplir un deber cívico ineludible. Otro día será.

Finca del doctor Correa, finca Villa Estela, finca El Diamante, finca de los Henaos que antaño fuera un emporio y que de herencia en herencia y partición en partición, de hijo en hijo y nieto en nieto quedó vuelta cien parcelas.

—Que es lo que irá a pasar con La Cascada si no la venden.

—Toco madera. Nosotros somos veinte pero unidos. Veinte en uno solo, no la dividiremos nunca.

—Pero sí la quieren vender…

—Venderla no, pero después hablamos. Y sigamos.

Finca El Diamante, que no se sabe de quién es, acaso de un mafioso de antaño. Finca La Batea, la de Memo, y finca El Pomo de doña Inés.

—¡Conque ésa es la tal Batea! No se me hace la gran cosa.

—¿No? Mire los cafetales, mire los potreros, mire los cañaverales, mire los platanares. Si eso no es para usted gran cosa, ¿entonces qué es?

Hernando Henao, el marido de doña Inés, le vendió un lote a papi para que ampliara La Cascada, y luego se perdió para siempre, ojos que te volvieron a ver. Y doña Inés se quedó sola, sola, sola. Y siguen parcelas. Parcelas y parcelas que antaño fueron fincas, mudos testigos de la tragedia de Antioquia que ha sido la de tener hijos para después dividir, y dividir lo dividido y atomizar el átomo y llegamos a Pensadero, último tramo de la carretera que Carlos piensa iluminar con faroles de bronce antiguos, dejando un trecho a oscuras para que los enamorados se puedan besar. Ésa de abajo es El Tren donde viven Toño y Luis, el matrimonio feliz; y ésa la bomba de gasolina y llegamos. ¡Támesis! Empinada, imponente, hacia arriba, alzándose de escalón en escalón rumbo al cielo la Avenida Laureano Gómez, el caudillo de los caudillos, el dios del Partido Conservador que metió en cintura a los liberales y que esta vez no habrá de salir a votar porque no está enterrado en Támesis sino en Bogotá, en el Panteón de los Hombres Ilustres de la Atenas Suramericana o ciudad capital, ¡y cómo perturbar con nimiedades electoreras la paz de semejante muerto!

Mas no vamos a subir por la avenida pues es empinada hasta para un ave. Vamos a ir alzando poco a poco el vuelo para entrar de golpe, de sopetón, sobre la plaza.

La plaza abajo esperaba expectante. ¿Qué tenían preparado para el cierre de la campaña carlista? Que dizque un megadesfile aéreo… Pero no se oían los aviones…

Es que no eran aviones. El suave aleteo de los loros se iba acercando, acercando.

—¡Ahí vienen! ¡Ahí vienen! —empezaron a gritar los niños entreviendo desde abajo la mancha verde que rasgaba el cielo.

Doscientos loros unánimes, volando al unísono en escuadrón. El verde escuadrón de súbito formó un triángulo que luego se espigó en una saeta y ¡fshhhhh!, se precipitó en picada sobre la plaza.

El corazón de la multitud dio un vuelco, como un vahído, como quien se desprende de súbito por un tobogán. Pero no, fue al revés, la que se desprendía sobre nosotros era la verde saeta. Por un instante la tuvimos encima creyendo que venían a sacarnos los ojos; y que empinan con un giro brusco hacia arriba y se remontan abriéndose en un inmenso abanico en el cielo, en una sola ave verde. Y se fueron. Se fueron pregonando sus doscientas lenguas gruesas, sus doscientas voces verdes el nombre de Carlos:

—¡Carlos! ¡Carlos! ¡Carlos! ¡Caaaaaaarloooos!

Iban desflecando el cielo.

—¡Qué loros tan verracos! —gritaban arrobados los niños—. ¡Qué machera!

Ese megadesfile aéreo, más el voto de las putas, de las monjas y de los muertos le valió el triunfo a Carlos en las elecciones. El Primer Mandatario de Támesis entonces fue mi hermano.

Y sin embargo nosotros no somos de Támesis. Nacimos todos en Medellín y en Medellín nos criamos y en Medellín estamos todos enterrados. El que sí era de Támesis fue papi, que nos dejó de herencia, con La Cascada, el amor a su pueblo. No nos lo impuso: nos lo fue contagiando de a poquito, de a poquito, entre aguardiente y aguardiente, viaje y viaje sin que nos diéramos cuenta. Fue una labor de socavamiento tácito. Y un día, cuando él murió, que resultamos de ahí, tamesinos. Renunciamos a la ciudadanía de Medellín y nos mudamos a la circunscripción electoral de Támesis para poder votar.

—¿Por quién?

—¡Por quién va a ser, hombre, güevón, por Carlos, mi hermano!

—¡Vaya pues! Ganar unas elecciones con veinte hermanos, ¡así qué gracia!

Bueno, algo de razón hay en eso. Cuando estaba en plena caída en las encuestas sus estrategas le decían a Carlos para consolarlo:

—No se preocupe, doctor, que con treinta hermanos usted no tiene pierde. Va a ganar por el efecto avalancha.

Porque imagínense, si uno le quita treinta rocas por la mitad a una montaña, ¿en qué queda la montaña? Así se desgajó el cerro de Cristo Rey cuando la alcaldía de Carlos, dejando mil quinientos treinta y cinco damnificados. A lo cual les comenté por e-mail:

—¡Qué bueno que ese pueblo cree en Dios, que si no, dónde habrían quedado!

El cerro de Cristo Rey desgajado no lo conozco; la imagen que guardo de él es la de antes: un triángulo perfecto y en su cúspide la estatua, El Salvador con los brazos abiertos tratando de abarcar a Antioquia. Del corredor trasero de La Cascada se ve. O mejor dicho, se veía. ¿Cómo se verá hoy? Como una belleza tuerta. Ahora bien, digo yo, si una montaña de ese porte se puede desgajar, ¡qué no será de la vida de uno! Todo pasa, pasa el cura, pasa el obispo, pasa el Papa, desaparecen las montañas y los ríos se van. No hay posibilidad de perdurar en una tierra cambiante que se mueve. El que quiera perdurar que fije este zarandeadero.

Veintiséis de octubre, domingo, día de elecciones. El pueblo amaneció tenso y el cielo cargado de nubes ominosas. Dos iban en la punta de las encuestas: Carlos y el Negro Alirio, seguidos de lejos por un pelotón de pelagatos que si se movían no levantaban ni el polvo con sus alpargatas. Las encuestas lo decían y lo confirmaban las apuestas: o el uno o el otro. Como si de dos gallos de pelea se tratara, en infinidad de apuestas casadas a favor del uno o a favor del otro se jugaban fortunas. Pedrarias apostaba por Carlos su finca El Rayo y su mujer: la finca era un vergel, la mujer un tambo usado. Le pararon la caña con la finca mas no con la mujer, ¿pues para qué quiere uno un tambo usado? Arnulfo Hincapié apostó con él: apostaba por su primo el Negro Alirio su finca La Tilapia, y tan seguro estaba de ganar que le sumó a la finca la moza, una hembrita turbadora de tetas enhiestas que parecían los farallones de La Pintada. Hoy Pedrarias es más rico de lo que era y aparte de su finca El Rayo y de su tambo usado tiene su moza joven que lo atiende, noche sí, noche no, en La Tilapia, a la que va a embriagarse día de por medio con los farallones.

—¿Y Arnulfo?

—Subió al segundo piso de su finca La Tilapia y se descerrajó un tiro en la mansarda.

Y amaneció por fin el día señalado, veintiséis de octubre, domingo de elecciones. Carlos se levantó temprano, se bañó y desayunó, como todos los días, chocolate con arepa y queso en compañía de Salvador, el pájaro de su vida: un azulejo platanero que había encontrado de polluelo abandonado en un racimo de bananos de donde lo recogió para criarlo, con amor de madre, alimentándolo de lombrices, semillas, gusanos y frutas. Hasta que el polluelo creció y se hizo pájaro y pudo volar solo. Vivía en una jaula que lo protegía de Julio, el gato, pero sin puerta para poder salir y entrar a su antojo.

—¡Salvador! —llamaba Carlos.

Y el azulejo volaba de donde estuviera hacia él y se le posaba en el hombro. Quedan fotos. Se convirtió en el rey y señor de La Floresta. Adonde iba Carlos en su finca iba él. Carlos cabalgando y Salvador cabalgando en su hombro o volándole encima. Se amaban.

—Salvador —le dijo muy serio Carlos esa mañana—, no sé a qué horas regreso. Hoy son las elecciones y hasta que no tenga los resultados no pienso volver. Eso sí, de mañana en adelante seré el alcalde y ya no te podré dedicar tanto tiempo como en estos años te he dedicado. Mañana serás otro tamesino más, igual a todos, y a todos los voy a tratar igual.

Y le dio un pico en el pico. Se amaban. Un pájaro llega a amar más que un burro.

Arrancó en su destartalada camioneta y tras dejar su finca La Floresta y tomar la carretera, pasó por La Batea a recoger a Memo para enfilar juntos rumbo al pueblo a ver qué les deparaba ese día tormentoso con sus dados la fortuna.

En Colombia en el día de elecciones hay ley seca: no se puede beber. Mas si no se puede beber en las cantinas, sí en el fuero íntimo de cada quien, pues Colombia es país libre, sacando cada quien su media de aguardiente del bolsillo trasero del pantalón o de un carriel donde el cristiano guarda —entre fósforos, agujas de arria, novenarios, velas, anzuelos y camándulas— su conciencia. La ley seca es la ley alcohólica. ¡Prohíban y verán cómo les va!

—¿Y por qué prohíben beber, si ése es uno de los derechos del hombre?

—Porque si beben se matan.

—Ah...

Ocho de la mañana. A los acordes del Himno Nacional se abren las elecciones para presidente, gobernadores y alcaldes en los mil municipios del inmenso territorio de Colombia. A las ocho de la mañana y ni un minuto más en todo el suelo patrio. Aunque Colombia es vasta y de alma grande, no tiene sino una hora y una sola alma. A las ocho, colombianos, ¡a votar!

Sí, a votar, ¿pero transportados por quién? ¿Colombia pone acaso los camiones y los chive-

ros para que nos lleven al pueblo? ¿Ella los paga?
¡Qué los va a poner, qué los va a pagar! Los ponen
y los pagan los candidatos, y los contrata y vigila
cada quien. Y es que el que quiera pescar, que me-
ta el culo al agua. Carlos, pues, paga sus chiveros,
y el Negro Alirio los suyos. Ahora bien, en los camiones pagados por Carlos para movilizar sus
huestes hasta la cabecera municipal se colaban, sin
embargo, los torcidos: los que iban a votar por
otros. Como ciertas aves infames que ponen sus
huevos en los nidos ajenos, y las dueñas de los nidos, de güevonas, los empollan.

Treinta y ocho mesas de votación para el municipio de Támesis distribuidas así: treinta en el
casco urbano, cuatro en el corregimiento de Palermo y cuatro en el corregimiento de San Pablo. A
esas treinta y ocho mesas tenían que confluir todos
los votantes del municipio. Los unos llegaban a pie,
los otros en camión, los otros a caballo. Los que se
podían acarrear por camión, pues acarreados por
su candidato en camión. Pero los de las más remo-
tas veredas adonde no llegaba la carretera tenían
que movilizarse a pie, en mula, en burro o a caballo pero *motu proprio*. Para el pobre a veces el ejercicio de votar requiere quemar calorías y se vuelve
ejercicio físico. Por eso el pobre de tanto andar agarra buena pierna pero valoriza hasta lo infinito su
voto. Y no. Un voto no es más que un voto.

—Déme, dotor, p'al mercado y voto por
vusté —le dice a Memo confundiéndolo con

Carlos una mujercita preñada que no tiene más que los cuatro redrojos que arrastra y el que viene en camino.

—Pues se va a perder el mercado, señora, porque yo no soy el candidato —le contesta el cabrón.

"Mercado" además del mercado es la compra de víveres del mes: frijoles, arroz y plátano, que es lo que comen los pobres. Ah, y yuca. ¡Pobre Colombia tan pobre aunque tan democrática!

—¿Y carne? ¿No comen carne?

—No, comen prójimo. Y si el prójimo se enverraca, lo matan.

Mesas en las oficinas públicas, en el colegio de las monjas, en las escuelas, en el atrio de la iglesia, en el liceo… Banderolas, banderas, pancartas. Tal el panorama en el casco urbano. ¡Vote por uno, vote por otro, vote por éste, vote por aquél!, pregonaban los pregoneros pregonando sus candidatos. Los unos de verde, los otros de rojo, los otros de azul… Los de Carlos de camisetas amarillas, nuevo color de la esperanza. ¡La revolución carlista le iba a cambiar hasta el color a la esperanza! Nada iba a dejar en pie. Nada en su sitio, todo cambiado. Renovación que es lo que necesita Colombia. Y moralización, ¿eh?

Colas de votantes se iban formando ante las mesas esperando turno para votar. Para hundir el invaluable voto en la urna. De mesa en mesa, de cola en cola, de sufragante en sufragante iba Alba Rocío Vásquez, la alcaldesa saliente, pichona de serpiente cascabel, vomitando su consigna venenosa:

—No bote su voto votando por maricas.

A mujer mal cogida se le pudre el aliento, se le retuercen las tripas y se le envenena la lengua. Desarrollan esofagitis crónica de regurgitar tanta hiel.

—¿Y Carlos?

—Él incólume.

Iba, venía, bajaba, subía, prodigando su fina estampa por calles y plazas entre el electorado mientras la plana mayor de su campaña, los estrategas, atendían en el cuartel carlista las contingencias de la contienda. Todo lo tenían preparado: testigos electorales, representantes ante el Registrador, chiveros y pregoneros, repartidores de emparedados, bolígrafos y camisetas... Cinco mil emparedados de jamón serrano y queso manchego se repartieron. Diez mil jugos de frutas tropicales con hielo. Tres misas para los muertos. Y mil ciento cincuenta camisetas con Cristo Rey estampado adelante y atrás María Auxiliadora. Diez camiones de escalera contratados para transportar a los tres grandes centros de votación a las huestes carlistas que confluían, cual confluyen los cincuenta arroyos de Támesis en el Cauca, por los caminos de herradura de las veredas a la carretera.

Enterado de lo anterior este humilde cronista comentó:

—¡Carajo! Yo con semejante despliegue monto mi campaña para la presidencia.

Que es lo que hizo Pastranita, delfín de Pastrana el viejo, mamón de la teta pública, con su campaña nacional a la presidencia lanzada desde Támesis cuando lo subieron por la Avenida Laureano Gómez montado en una cesta izada con sogas y poleas a fin de que durmiera protegido en la casa cural bajo las faldas del cura no lo fuera a matar la guerrilla. El veintitrés de octubre, jueves, tres días antes de las elecciones, voló el señorito a los Llanos a hacerse retratar con Tirofijo abrazado a él merced a la promesa, disfrazada ante el mundo de paz, de entregarle a Colombia a este hampón, más nocivo que dentista mujer. La foto la vi en Barcelona, en un periódico español, y comenté lo único que podía comentar:

—¡Qué hijueputa!

Colombia la imbécil mordió el anzuelo envenenado de la paz y votó por el hijueputa. Que con su pan se lo coma.

Regresando a su sede de campaña de uno de sus baños de popularidad, le informaron a Carlos que algún opositor les acababa de cortar el teléfono.

—Conéctenlo.

Y lo conectan y ¡plas!, explotó como una bomba.

Y que empiezan a llegar los mensajeros con las contrariedades. Que lo uno, que lo otro, que lo demás allá, que aquí están falsificando planillas, que allí comprando jurados, que en tales mesas votando doble. Y que a ese ritmo nos iban a robar las elecciones. Y para acabar de ajustar, esa puta vieja con su puta lengua haciéndonos un daño terrible.

A las cuatro de la tarde volvió a sonar el himno y *alea iacta est*, ya la suerte estaba echada, se habían cerrado las votaciones.

El recuento final de los votos se hacía en la Casa de la Cultura Hipólito J. Cárdenas, cuyo nombre me suena porque en alguna parte lo oí, ¿pero dónde? ¿Dónde? ¿Dónde, Alzheimer, a ver? Ah sí, en el cementerio la noche en que Gloria se patasarribió cuando Carlos les pasaba lista a los muertos.

—Hipólito J. Cárdenas.

—Presente.

Y presente estuvo en las votaciones con su voto. Gran músico él, copartidario. Ahora, en la casa-santuario que lleva su nombre, habilitada por el señor Registrador como centro de recuento de los votos, ¿pensaba la puta vieja de la puta lengua que iba a ganar el Negro Alirio, su fantasmón?

No careció, sin embargo, de emoción la pugna. Cerrada la votación y trasladadas todas las urnas del casco urbano a la Casa de la Cultura (los resultados de San Pablo y Palermo los traerían por bus más tarde los delegados del Registrador), se empezó el conteo: con los votos de la calle de las putas, del colegio de las monjas y del barrio Santa Ana donde se alza el cementerio, a las seis iba ganando Carlos por holgado margen, que a las seis y media se redujo, para estar empatados a las siete el

Negro Alirio y él. A las siete y media: Carlos quieto y el negro subiendo. A las ocho el negro seguía p'arriba y Carlos de culos. A las ocho y cuarto llegó el delegado del Registrador con los datos del corregimiento de Palermo al que pertenece la vereda El Hacha.

—Datos de Palermo, señor Registrador: vereda El Hacha.

Los representantes de Carlos ante el Registro Electoral, Lucho y Ritiña, soltaron un suspiro:

—¡Ah! Con El Hacha amarramos la victoria.

¿La amarramos? ¡Güevones! Tras de maricas, bobas.

Se hizo un silencio angustioso en la sala.

—Por el doctor Vallejo —anunció el delegado—, diez votos.

El par de maricas palidecieron.

—Por el ingeniero Alirio Hincapié… Trescientos. Cero por los demás.

—¡Hijueputas! —exclamaron el par de maricas bobas.

Y sí, nos habían dado la puñalada marranera en El Hacha.

El doctor Vallejo no era mi papá, que en su acrisolada carrera pública hizo cuanto pudo por ese pueblo de ingratos: era su hijo Carlos, mi hermano. Media hora después, con el favor impensado de alguna otra puta solidaria o alma en pena iluminada y del corregimiento de San Pablo, Carlos era elegido alcalde de Támesis: por cincuenta míseros votos. Mil setecientos cincuenta y tres ciudadanos a carta cabal votaron por él. Por Alirio Hincapié, mil setecientos tres hijueputas. Colombia sólo tiene esa palabra para calificar la falsía y la traición. Muy buena. Y castiza. Don Quijote la usa bajo su forma "hideputas" cuando arrea a diestra y siniestra la madre.

Prendí el computador y había un mensaje: de mi casa: "Carlos acaba de ganar la alcaldía de Támesis, mañana te cuento". Y firmado, Gloria. Me tapé la cara con las manos y se me salieron unas lágrimas:

—De ésa no vas a salir vivo, hermano.

Y le mandé un escueto mensaje: "A toda capillita se le llega su fiestecita". Y firmado, yo.

Esa noche ni cené ni dormí ni piché bendiciendo a la democracia. Sí, ése es el gran sistema del mundo, no hay otro. ¡Benditos sean Montesquieu y su Espíritu de las Leyes!

El lunes me contaron con detalle cómo estuvo la cosa y cómo siguió la cosa. Al enterarse de su triunfo por la emisora La Voz del Cartama que lo empezó a proclamar en ondas hertzianas al cosmos, Carlos les ordenó a sus seguidores que se fueran a dormir. Así les bajaba la fiebre del triunfo a éstos y les suavizaba a los otros, por falta de interlocutor triunfalista, el despecho de la derrota. A fin de cuentas él ya no era un candidato: era el alcalde de Támesis: de los unos y de los otros. Con esa generosa decisión Carlos le ahorró al pueblo por lo bajo cincuenta muertos. Muertos que habría habido que lamentar por las viudas y los huérfanos, mas no por Támesis, ni por Antioquia, ni por Colombia, pues allá vivos es lo que sobra.

El que sí se murió esa noche, sin que se sepa por qué, fue el turpial platanero Salvador. Cuando Carlos regresó a La Floresta, fatigado pero henchido de triunfo, lo encontró con las patas apuntadas hacia el cielo en su jaula. No sé si Carlos lo haya sentido poco o sentido mucho: a mí me sacó lágrimas. Mal presagio que el turpial se hubiera muerto mientras a Carlos lo estaban eligiendo alcalde. La vida es así, por un lado nos da y por el otro nos quita. A algunos por ambos lados les quita. Y a nadie por ambos lados le da.

El lunes Támesis entero amaneció diciendo que había votado por Carlos. Y les creo, pues ése es un pueblo derecho y leal. Si cuando el banquete de la proclamación Carlos tenía el noventa por ciento de la intención de voto, siete meses más tarde, y tras tan intensa y dadivosa campaña, ¿qué menos que tener diez puntos porcentuales más? Qué bueno que fue precavido y sacó a votar a los muertos, que si no, no habría alcanzado a contrarrestar el megafraude de mil setecientos tres votos que le montó el bellaco de Alirio Hincapié. Claro, lo que vino después fue un pueblo entero con la mano extendida. Que déme, dotor p'al mercado que yo voté por vusté. Que colóqueme a mi marido que yo también. Que colóqueme a mi mujer que nosotros también, juntos. ¡Ah si conozco yo bien el verbo "colocar"! Papi se pasó la vida colocando tamesinos aquí y allá. Y gestionándole a Támesis, desde el Senado, auxilios para construir escuelas de suerte que en las siguientes elecciones no fueran ni de fundas a votar por él. Ni una escuelita hoy lleva su nombre. O sí, ¡la escuelota del viento!

Para terminar con el espinoso asunto de Pastrana que hoy se asolea impune en Varadero, Cuba, diré que cuando por fin subió al pueblo en su cesta volante y antes de irse a dormir con el cura, lo llevaron al gran pesebre que habían montado en el kiosco de la plaza a cantar villancicos con el coro de niños que dirigía Gloria.

—De suerte que era diciembre.

—Así es, Sherlock Holmes.

Ni un villancico se sabía el güevón. ¡Y pretendía ser presidente de Colombia! El que quiera ser presidente de Colombia tiene que cantar al unísono con ella o hacerle segunda voz.

Creyendo que Gloria era la esposa de Carlos le dijo el bobalicón:

—Así que tú eres la alcaldesa.

—No —contestó Gloria—. Yo soy la hermanesa.

El señorito Pastrana se fue de Támesis rumbo a la gloria prometiéndonos que una vez que estuviera allí se acordaría de Carlos, de nosotros, de este pueblo dejado de la mano de Dios y de su megaproyecto hidroeléctrico. ¡Le acometió un megaolvido al güevón!

Amigo, venga, déme la mano y déjese llevar que vamos a ir subiendo de peldaño en peldaño la avenida-escalera Laureano Gómez y mientras vamos subiendo le voy contando lo que va a ver en la casa que va a ver. Es una casa de dos pisos polvosa y misteriosa en un rincón del pueblo. Allí nació mi padre. Él no nos la mostró, lo averiguamos nosotros. Y pedimos permiso para entrar.

—¿Y a qué? ¿Qué vienen a ver, niños?

—La casa.

—¿Y por qué mi casa?

—Es que en esta casa, señora, nació mi papá.

—¿El papá de toditos ustedes?

—Ajá.

—¿Y quién es su papá?

Y le dijimos el nombre.

—¡Ah, si ustedes son hijos del dotor, pasen!

Y esfumándose como la Muerte misma nos dejó pasar. El polvo estaba detenido en el aire. Polvo de medio siglo si no es que de más. En el centro una cama, en un rincón un escaparate; en una pared el Corazón de Jesús y en otra la Virgen del Carmen. Un nochero con una vela escurrida de llorar tantas lágrimas y ya apagada. El ciclón del tiempo empezó a girar, lento, lento, lento. Seguí avanzando solo por los cuartos mientras mis hermanos se quedaban asustados atrás. Un cuarto, otro cuarto, otro cuarto, inciertos en la omnipresencia del polvo. La casa era de dos pisos pero de uno solo: las ventanas de afuera del segundo piso eran engañosas, no había tablado de segundo piso, era una sola caja inmensa de polvo. Avanzando por entre el polvo aventuré:

—¿Carmen Rosa Álvarez?

Silencio.

—Carmen Rosa Álvarez, te quiero conocer.

Entonces ella se soltó a llorar porque estaba muerta. Tenía el pelo atado en dos trenzas y era muy joven pero muy vieja porque era mi abuela. Ahí estaba, llorando por mí, la misma de la foto. En el álbum de fotos de mi casa, de ella sólo quedaba esa foto vieja, desvaída, amarillenta.

—Papi, ¿y esta señora tan bonita quién es?

—Mi mamá.

—¿Y dónde está?

—Ya murió.

—¿Y cuándo murió?

—¡Uy! Cuando yo tenía ocho años.

¡Pobrecito! Se quedó huérfano a los ocho años. ¡Nosotros que hemos tenido mamá como para ochenta!

Carmen Rosa Álvarez, abuela: nunca te llamé así porque no te conocí, pero ahora que estoy viejo te lo digo porque ya me voy a morir. Si saliendo de esa foto me hubieras tomado de niño y arrullado en tus brazos para protegerme de los sinsabores y las miserias de la vida… Pero no. Hoy por edad tú serías mi nieta. El destino burlón en contubernio con el tiempo lo decidió así. Cuando salga con mis hermanos se derrumbará tu casa.

Cuando Carlos se volvió de España por nostalgia, traía doscientos mil dólares con los que compró en El Hacha, vereda de Palermo, corregimiento de Támesis, una finquita a la que le juntó otra colindante y a las que llamó, unificadas, La Floresta. Noventa mil palos de café sembró. "Palos", como decimos allá: cafetos. Que son una cantidad inmensa: veinticinco veces más que los electores de Támesis. Con noventa mil cafetos usted puede producir, en arrobas, lo que se bebe Buenos Aires en sus cafés de Florida y Corrientes en quince noches.

—¿Y en toneladas?

—Ah hombre, en toneladas un poquito menos.

¿Cuánto le costó la siembra, la abonada, la desyerbada, la fumigada de noventa mil cafetos? Lo que quiera. Diga una cifra y bájesela de los doscientos mil dólares. Cuando Carlos acabó de sembrar ya no tenía un quinto y se sentó a esperar: a que le dieran café.

—¡Pero de dónde, don Carlos! —le decía su mayordoma—. No hay ni pa tomar café.

Entonces el Banco Cafetero le prestó para que pudiera comer y tomar café en tanto sus cafetos daban, a intereses bajos pero usureros. Todo interés es usurero. Mi moral me dice que si uno tiene tiene que dar. En esto sí coincido con Mahoma, con todo y lo lujurioso que fue pues tuvo quince mujeres, doce menos que El Burro Eufrasio.

Tres años esperó a que los cafetos le dieran en los cuales la deuda con el banco, más los gastos de Eufrasio, le fueron royendo el saco. Eufrasio quería caballo, quería bicicleta, quería moto, quería carro, quería camioneta. Y Carlos compre caballo, compre bicicleta, compre moto, compre carro, compre camioneta. El Burro se bajaba del caballo y se montaba en la bicicleta; se bajaba de la bicicleta y se montaba en la moto; se bajaba de la moto y se montaba en el carro; se bajaba del carro y se montaba en la camioneta. ¡Qué movilidad vehicular tan incesante la que poseía a este muchacho! En el puente de La Pintada se rajó la testa. Enterado del siniestro y por estar Carlos en Bogotá gestionando préstamos, Memo lo recogió. De no ser por él, Eufrasio hoy no tendría los cinco niños que tiene y habría cavado fosa: lo llevó a la Clínica Soma de Medellín y le hizo abrir la tapa de los sesos para que no se le fueran a inflamar las circunvalaciones no fuera que se le borraran de ahí sus treinta y siete novias. Sobrevivió con una rajadura en la cabeza del tamaño del sexo de un burro. Al que la quisiera ver se la mostraba.

—¡Uy, qué hijueputa chamba! —decía la admiración popular.

"Chamba" es cortada.

Cuando empezaron a producir los cafetos Carlos estaba arruinado. Tenía finca pero sin tener. Y caballo y moto y camioneta y carro y jeep. ¡Porque a Eufrasio también le encantaban los jeeps!

A punto de venírsele encima la primer cosecha, con nuevo préstamo a intereses bajos pero ineluctables, montó un "beneficiadero" de café. Una procesadora, pues, con planta eléctrica, acueducto, despulpadoras, secadoras de sol y eléctricas, tanques, anillos, dijes, pulseras, collares, zarandas... Con todo lo que se necesita y más. Un viejo reloj de muro encima de la despulpadora daba con sus campanadas broncíneas las poéticas horas. ¡Tin Tan! ¡Tin Tan! La más bonita finca de Támesis, la más bonita finca de Antioquia, la más bonita finca de Colombia. Por la falda de la loma iban los "chapoleros" o recolectores recogiendo en cestas de bejuco el grano maduro, grano por grano, cafeto por cafeto, surco por surco, lote por lote, protegiéndose del ardiente sol con sombreros de paja. En cada cesta caben quince kilos de café "en cereza", o sea sin procesar. Las cestas se vacían en un costal de fique y se cargan hasta la tolva del beneficiadero. Para que no las tuvieran que cargar, Carlos montó un tobogán que por la fuerza de la gravedad vaciaba la granizada de granos directamente en la tolva. ¡Qué espectáculo hermoso esa lluvia de granos rojos! Eso no lo han visto en su metalizada vida los magnates de Nueva York. Luego los granos se despulpan en la despulpadora, se zarandean en la zaranda, se vinagran en los tanques fermentadores, y en las canoas lavadoras se lavan y se separan en tres tipos: tipo Federación de Cafeteros de Colombia, que es el café que nos sirven las azafatas avinagradas de los aviones de Air France; tipo corriente, que es de menor calidad; y la "pasilla" que, dicho en colombiano, "no vale un culo". La cáscara se llama "pulpa", el grano que sale pelado sólo a la mitad se llama "media cara", la miel que se les extrae se llama "mucílago", y la secadora se llama "silo" y las hay de tres tipos según el combustible con que funcionan: ACPM, gas y carbón. La despulpadora la mueve un motor, el motor lo mueve una planta de energía eléctrica, la planta de energía eléctrica la mueven las cascadas, y las cascadas Dios. Dios, pues, en última instancia es el que nos da el café:

—Gracias, Midiosito lindo.

Y lavado el café que nos da Midiosito, se seca en los llamados silos y sale convertido en pepas de oro. Ésas son las que tuestan las tostadoras y que una vez tostadas se muelen para que, en agua hirviendo y humeante pocillo o taza con la banderita amarillo, azul y rojo de Colombia se lo tome usted en los aviones de Air France, y volando, volando y soñando despierto pierda el sueño. Al aterrizar en el aeropuerto Charles de Gaulle nos empelotan los de inmigración a ver si traemos, enchufado en el salvohonor o "culo", cuando menos un kilo de cocaína. ¡Qué cocaína vamos a traer, si en Colombia lo que producimos es café!

La primer cosecha no le dio a Carlos ni para pagar la mitad de la mitad de la mitad de los intereses. Y es que el café no da, aparte de satisfacciones. Del producto final en plata blanca cuando no hay préstamo ni intereses de por medio, o sea lo que te da en billetes contantes y sonantes la Federación Nacional de Cafeteros que es la que te lo compra, las cuentas son, y si yerro que me corrija Colombia: Mayordomo y peones, seis por ciento; dos abonadas y tres limpias anuales, cuarenta y cinco por ciento; recolección, treinta y tres por ciento; secada incluyendo ACPM y energía eléctrica, quince por ciento; despulpada y transporte al silo, uno por ciento; patiero que mueve el café en las casillas, uno por ciento; escogida de la pasilla, dos por ciento; transporte al pueblo, dos por ciento; coteros, uno por ciento; empaques, uno por ciento. Total, ciento siete por ciento. Y no se ha pagado aún la contribución al estado, ni el impuesto predial, ni los costos de la tierra y de la siembra. Si esta pérdida del siete por ciento la trasladamos a siete mil doscientas arrobas que producía al año La Floresta, ¿cuánto perdemos al año? Saque cuentas a ver. A mí me da escalofrío.

—¿Y por qué entonces tu hermano insistía en el café?

—Porque es hermoso. Además, ¿qué quería usted que sembrara? ¿Coca?

Y me dirá que la política ensucia y corrompe más que la cocaína o coca, y no le falta razón. Carlos, empero, como la garza del poema que cruza sin mancharse el pantano, salió limpio de la alcaldía de Támesis. Impoluto. No lo corrompieron

promesas ni amenazas. Lo boleteaban: "O te tor-
cés, o te torcemos" le escribían en papel de cuader-
no con letra de analfabeta y le pintaban una calavera
cruzada por dos tibias. ¿Boleticas a mí? ¿Amena-
citas a mí? ¡Disparen, malnacidos! Mi hermano
era de una honorabilidad a prueba de balas.

No lo mataron. Sobrevivió. Carlos murió de
viejo, casi ciego. La última vez que lo vi fue en Medellín, en el parque de Laureles viendo pasar muchachos con Memito, otro viejito.

—¡Ve qué belleza! ¡Mirá el que va ahí! —le
señalaba Memo, que con los años agarró una vista de halcón.

—¿Cuál? —preguntaba el ex alcalde con voz
gangosa cuarteada esforzándose por ver.

Cadena de depredadores en la producción del
café: Almacén: suministra los insumos y los abonos
a precio de oro. Mayordomo: mayordueño. Recolectores del grano: roban poquito. Bombas de gasolina donde venden el ACPM: roban poquito.
Transportadores: roban poquito. Coteros: roban
poquito. Cooperativas y compradores y prestamis-
tas empezando por el Banco Cafetero: usureros.

Y tras el esforzado trabajo cotidiano de sol a
sol recogiendo y despulpando la cosecha de rubíes
rojos para convertirlos en pepas de oro, a guardar
las pepas de oro en silos. Para sacar el café de La
Floresta a la carretera Carlos montó un segundo
tobogán de cinco cuadras, de suerte que por ahí cayera la granizada de pepas de oro directamente de

los silos a las volquetas que debían transportar el preciado tesoro al pueblo. Por ahí, una noche negra sin luna, siete mil doscientas arrobas de pepas de oro fueron lloviendo sobre una silenciosa fila de volquetas que silenciosamente se fueron yendo, yendo, yendo. Lo más que oyó Carlos en sus sueños dorados fue un "Shhhhh" suavecito. El "Shhhhh" lo arrullaba.

¡Qué hermoso es dormirse con un "Shhhhh" acompañado por el canto de una cascada! ¿Qué rico de Nueva York duerme así? ¡Ni Rockefeller!

En bancarrota económica mas no moral, Carlos fue acometido entonces por un dengue que casi se lo lleva. Él creía que era sida, pero no: era dengue.

Nueve meses han pasado del dengue y esta noche de treinta y uno de diciembre Carlos va a dar a luz un prodigio: la mejor alcaldía que ha tenido pueblo alguno en ciento cincuenta años mal que le pese a Colombia. Doce de la noche: explota el cielo en fuegos de artificios. Congregada en la plaza la multitud despide el año que se va, el siglo que se va, el milenio que se va, y saluda la era de esperanza que viene con el nuevo alcalde.

—Carlos, Carlos, Carlos —corea el pueblo que votó en bloque por él, y le hacen eco las cascadas.

—¿No dizque iban pues a votar, niñas, por Alirio?

¡Qué va! Ni una sola de las veinticinco votó por ese negro zángano: todas por Carlos.

A las doce y un minuto, ante el cura, los concejales, el pueblo reunido, los gremios todos y la reina del cacao, mi hermano tomó posesión de su cargo. Fue el primer alcalde en "posesionarse", como se dice allá. La televisión nacional lo mostró jubiloso, con su sombrero alón y entre fuegos de artificio.

—¡Si papi hubiera vivido para ver!

—Gloria tonta, claro que vio: desde el cielo.

A las cero y treinta de la mañana del día uno del año cero, Carlos entró con sus hermanos y sus hermanas, Memo y Eufrasio y la plana mayor de su campaña ante el Concejo en pleno que al verlo entrar se puso en pie y lo vitoreó. Pausado tomó la palabra y dijo:

—Hace sesenta y cinco años mi padre, que entonces era un joven, decidió irse a estudiar a Medellín para llegar a ser alguien. El viaje de Támesis a Medellín, que hoy se hace en tres horas y media, y que con la asfaltada que le voy a dar a la carretera se va a hacer en tres, duraba dos días. Este Concejo le prestó entonces a mi padre para que se fuera diez pesos. Con tres años de mi vida he venido a pagarlos. Mi alcaldía se va a llamar "la alcaldía de la deuda moral de los diez pesos".

Mis hermanos lloraron, el Concejo aplaudió y Carlos empezó su alcaldía de los diez pesos. ¿Cuánto serán diez pesos de entonces en pesos de hoy? ¿Mucho? ¿O poco? ¡Con esta devaluación tan hijueputa! Con el peso más devaluado que la palabra "hijueputa" y con España en contra, Colombia no tiene rumbo, no tiene madre, no sabe para dónde va. ¿Pero es que alguna vez lo ha sabido? Sabíamos, cuando yo nací, de dónde veníamos. De olvido en olvido ya lo hemos olvidado. Hoy sólo sabemos que en Bogotá, en un palacio, se alza una silla prestigiosa llamada "solio de Bolívar", en la que cuarenta y cuatro millones de colombianos se quieren sentar. Yo no. A la que yo le tengo puesto el ojo es a la de Pedro en Roma. Bajo candiles y arañas de relumbrón que los iluminan con sus luces lacayunas, en el solio del palacio que digo han sentado sus pundonorosas nalguitas ciudadanos de la talla de los Pastranas, los Gavirias, los Samperes y los Uribes. El bien que nos han hecho estos beneméritos ciudadanos no tiene madre, no tiene nombre. Lo que ninguno de ellos, sin embargo, con toda su pompa y circunstancias ha logrado es salir en andas como Carlos, en parihuela con dosel. El dosel de la jura. Ocho hermosos portalcaldes hoy lo portan.

—¿Pa dónde vamos, Carlos?

—P'adelante.

Y para adelante va el flamante alcalde con Támesis a cuestas.

La alcaldía de Carlos la podemos dividir en tutelas. Y es que durante los tres años de su gobierno Carlos vivió, si me permiten el disculpable neologismo, en permanente "entutelamiento" o "entutelación". Ciento cincuenta tutelas le montaron, de las que puntuaré su alcaldía con las más brillantes. Primera tutela: la de los mercaderes de la plaza y el templo.

Antes de Carlos el parque de Támesis era una sucursal del matadero y el infierno. Al aire libre y cercada por un enrejado antiguo, entre altos árboles, en su centro, funcionaba una cantina con un kiosco y mesas de paraguas en las que se servía aguardiente. Desde el kiosco un altavoz aturdía día y noche con sus vallenatos al pueblo. En torno al enrejado, cuatro calles con otras tantas cantinas y el pavimento atestado, sobre una alfombra de hojas de plátano y basura que escoba humana en treinta años jamás barrió, de cajas de tomate, ratoneras y toldos donde carniceros, verduleros y tenderos vendían baratijas, frutas y tubérculos, amén de carne: la carne de nuestro más desventurado prójimo, los animales, sin que el cura dijera nada, ni el juez nada, ni el alcalde nada, ni yo nada, ni tú, ni él, ni nadie. Esos toldos abarrotados de filetes de vaca, orejas de marrano, patas de ternero y pollos desplumados daban testimonio de la infamia de la Iglesia y su carnívoro rebaño. Mangos, chirimoyas, papayas, higos, curubas, chachafrutos, guamas, mamoncillos, algarrobas, piñas, maracuyás, yuca, arracacha, plátano, panela, de todo se vendía en ese parque: bolígrafos, camisetas, novenarios, escapularios, computadorcitos, estampitas, espejitos, condones, camándulas, indulgencias plenarias y cuanto admínículo el humano bípedo pueda precisar para los menesteres de este mundo y las contingencias del otro. Charcos de lodo y sangre competían con la alfombra de basura por el pavimento, mientras perros hambreados merodeaban entre los clientes y por entre los toldos. La sangre en promiscuidad con la mugre había invadido hasta el atrio de la iglesia y el caos se había enseñoreado del corazón de Támesis. Y mientras el altavoz del kiosco y los traganíqueles de las cuatro cantinas aturdían con sus vallenatos y los tenderos vendían su mercancía y los carniceros su carne y los verduleros sus verduras y los meseros emborrachaban a los parroquianos con su aguardiente y deambulaban los perros y los clientes y las campanas de la iglesia llamaban a misa, un par de endemoniados encendidos de aguardiente y odio se agarraban a cuchillo y sin respetar niños ni mujeres, tumbando cajas, toldos, mesas, sillas se despanzurraban en pleno parque. Las palomas asustadas alzaban el vuelo. Entre un caos de vallenatos y una lluvia de plumas de paloma caía uno de los dos vesánicos a un charco y partía para el viaje del silencio eterno mientras el otro, soltando el cuchillo y surtidores de sangre, se apretaba con ambas manos la barriga no se le fueran a escapar, con el alma, las tripas, y arrancaba en veloz carrera zigzagueando por entre los toldos rumbo al hospital a que lo cosieran. Colombia más o menos es así. Más más que menos.

—Esta sinvergüencería conmigo no sigue. O los echo o me echan —sentenció Carlos—. *Quo usque tandem abutere, Catilina, patientia nostra?*

—¿Y por qué? —preguntaban indignados los mercaderes del templo rasgándose las vestiduras—. ¿Por qué nos tenemos que ir si éste es un país democrático?

—Por las güevas que me cuelgan —les respondió Carlos.

—¿Y no habría posibilidad de contar esta historia con palabras menos altisonantes?

—No, si no son mías, yo no hablo así. Aquí los deslenguados son los personajes. Yo los echo a andar y ellos se van; les doy cuerda y hablan; los junto y copulan. Empiezo haciendo lo que quiero con ellos y acaban haciendo lo que quieren conmigo. ¡Qué culpa tengo yo de sus desmanes! Eso sería como echarle en cara a Dios las fechorías de Atila.

En una antigua construcción donde antaño funcionara la alcaldía y que había pasado a ser parqueadero del carro de los bomberos, Carlos mandó instalar treinta toldos al estilo de los del parque, y con un bando conminó a los invasores a mudarse allí.

En respuesta, confabulados con el concesionario de la cantina del kiosco, los tenderos, los carniceros y los verduleros le montaron a Carlos su primera acción de tutela. Que no se iban, que por qué, que el parque era de ellos. Y afilaban los cuchillos y les sacaban chispas. Días después, con una rapidez y lucidez que prueban, mal que le pese a Voltaire, que Dios sí existe, el juez falló en favor de Carlos: que estaba en su derecho de alcalde a recuperar el espacio público invadido. De inmediato el burgomaestre desentutelado les dio de plazo a los insubordinados hasta el día siguiente a las cinco para irse.

A las cuatro quedaban siete toldos sin trasladar: que no se iban, que primero los tenían que matar. Desde su despacho del segundo piso de la alcaldía, que se alza en contraesquina de la iglesia, Carlos viendo: la retroexcavadora, una brigada de obreros del municipio, los bomberos y la policía ansiosa de bolear garrote entrando al parque. A las cuatro y media dio la orden de que prendieran la retroexcavadora y de que se desplegaran en posición de combate las fuerzas del orden. Faltando un cuarto para las cinco una ratoncita que vivía bajo la base de uno de los toldos salió huyendo con su camada y tras ella se fueron los últimos venteros. A las cinco entraron en acción la retroexcavadora, los obreros y los bomberos, derribaron los toldos, lavaron el lugar y en las volquetas del municipio se llevaron la historia de treinta años de mugre y desorden. A las siete de la noche entraba Gloria con la banda Santa Cecilia a los acordes de la Marcha Triunfal de Aída y se tomaba el parque. Carlos acababa de ganar su primera tutela y de apuntarse su primera victoria. Al edificio desmantelado o parqueadero donde reubicó a los venteros lo llamó pomposamente, para conmemorar el suceso, Plaza de la Tutela.

De tutela en tutela así como de grano en grano cosechaba el café, Carlos fue cosechando su alcaldía. Y es que el buen café cuesta. De sol a sol hay que sembrar, hay que fumigar, hay que desenmalezar luchando día a día contra la Estrella africana y los ladrones. Y cuando por fin se llega la hora de la cosecha, a desprender de la planta los rojos granos grano por grano. En Colombia no es como en Brasil donde recolectan dándole palo al cafeto. A garrotazos tumban el café, y sin separar los granos buenos de los malos o "pasilla", o sea el oro de la escoria, a los trancazos lo empacan y ahí se va, al mercado internacional dizque a competir con el nuestro. ¡Cómo va a competir con un café aromático un aguamierda!

Café el de Colombia. Y la coca. ¿Sabe lo que hay que cultivar en plantas y sudar en sangre para sacar un kilo de coca? ¡Una hectárea! Una hectárea que hay que sembrar y desyerbar y fumigar como el café y hacerle su pajita. Hoy pretenden sacarnos del mercado y desplazarnos con las anfetaminas, que son químicos. Y pues no. La cocaína es un producto natural, una droga de selección para clientes finos. Es el champaña de las drogas, ¿o no?

—Volvenos a contar, Carlos, la tutela que te pusieron los del Río Claro para cagarnos otra vez de risa.

Hombre, nada del otro mundo: que puso a cagar a tres veredas en una sola fosa séptica: a la vereda del Corozal, a la de La Mirla y a la de Río Claro.

—Para no tener que cambiarle el nombre a este río de aguas cantarinas por el de Río Mierda —les conminó a los habitantes de las tres veredas reunidos en un desnivel—, de mañana en adelante todas las alcantarillas de todas las casas de estas tres veredas que han venido vaciando sobre el río, me las van a encauzar a este hueco donde hoy clavo este palo.

Y lo clavó. Tutela. Le montaron una tutela de mil quinientos diez memoriales que Carlos les ganó invocando la ley antitramitología. En el punto justo donde mi hermano clavó el palo nació una de las corporaciones más promisorias de Colombia: COPROANTIOQUIA, con la que nos pondremos a la vanguardia de la humanidad en este embarazoso campo. Allí en COPROANTIOQUIA las sumisas bacterias reciclan el excremento humano y lo convierten en abonos y en bióxido de carbono para las gaseosas POSTOBÓN, que quiere decir: Posada y Tobón. Carlos fue el que introdujo en Támesis y antes que nadie en Colombia, mandando a traer semillas de la India por DHL, la planta cingiberácea del arrurruz, de cuya fécula se saca un alimento sabrosísimo rico en proteínas que bien podría ser una alternativa para el bicultivo del café y la coca.

Una tutela que sí perdió fue la que le puso don Leonidas Parra, émulo de Flavio Ramírez, el de la enfermedad del corazón. Pretendía don Leonidas construir una casa sobre La Peinada, una "quebrada", o sea arroyo, que cruza el barrio Santa Ana. Como las normas legales establecen un retiro de treinta metros de los cauces de agua para las construcciones previendo que en Colombia en "invierno", o sea época de lluvia, las quebradas y los ríos "se emputan", o sea se desbordan, al menos una vez al año, por conducto de su Oficina de Planeación Municipal Carlos le denegó a don Leonidas la licencia para que construyera. El ofendido ciudadano acudió entonces a la tutela, y ante el Juez de Reparto interpuso la acción. Después de memoriales y memoriales, oficios y más oficios citando leyes, decretos y reglamentos, el Juez falló obligando a Carlos a conceder la licencia. Al año exacto, como había previsto la ley, La Peinada se emputó y se llevó al señor Parra con todo y casa y mujer. Otra tutela obligó a Carlos a indemnizar a los hijos sobrevivientes por haber maleducado a La Peinada. ¡Por qué la malcrió! ¡Por qué no le enseñó a no llevarse casas ajenas! La tutela es un invento genial. Se lo debemos a Gaviria y a su constitución. ¿Con qué le podrá pagar Colombia un bien tan grande al benemérito ex presidente que hoy preside la OEA? ¡Con un muchacho!

Una noche andando nuestro alcalde a caballo en inspección por la mencionada vereda de Río Claro se le apareció un ánima en pena.

—Vení, vení —le decía la fosforescente desde una mata de plátano.

—¿A qué? —preguntó Carlos con esa sequedad que lo caracteriza cuando trata con desconocidos.

—A sacarme de penar —contestó el ánima.

—¿Y vos quién sos? —preguntó Carlos.

—Soy el hermano Antonio Miguel —contestó el ánima—. De la Casa de Bienestar de los Hermanos Mayores de La Salle. Nací en 1899 en Támesis y partí en 1990 en Popayán hacia la casa del Señor.

—¿De cuál señor? —preguntó Carlos.

—De Cristo —contestó el hermano.

—Andá y decile a ese güevón que te arregle el problema que para eso es hijo del Todopoderoso.

Y dándole un fuetazo al caballo siguió.

—¿Él no creía en Dios?

—No, sí, ¡claro! Si no, ¿quién pues le conseguía los muchachos? Dios es la fuente de todo bien, y el Diablo de todo mal.

Cagaíto es un niño. De ojos zarcos, pelo crespo y bucles de oro se diría un ángel de no ser porque cumple todas las funciones naturales como su nombre lo indica. Espíritu glorioso no es, aunque Carlos y Memo lo han tomado por tal, y es que Cagaíto es el hijo de su bondad. De la de ambos. Lo parieron los mayordomos de La Batea, la finca de Memo, pero lo adoptaron sus patrones en reemplazo del turpial que se les murió. Yo no sé si hicieron bien o hicieron mal, pero es que Cagaíto nació por culpa de ellos. Cuando el viejo y mañoso mayordomo iba a cumplir doce años de trabajar en La Batea, mi cuñado Memo lo llamó y le dijo:

—Mirá, Pascualón, mañana vas a cumplir doce años de trabajar conmigo. Como por ley si antes de mañana no te despido te tendré que pagar de por vida media jubilación, y como no soy rico ni esta finca da un carajo amén de gastos, te despido hoy. Andá mañana a que te dé trabajo el gobierno que fue el que expidió la ley.

Y ¡plas! Carpetazo al asunto de la jubilación de Pascualón. La mujer de Pascualón, Cotorrina, vieja de carácter ríspido y áspero y que medía uno veinte, ya se creía la dueña de La Batea y que se iba a montar en tacones altos a recibir. No se le hizo. En alpargatas y con sus uno veinte siguió.

Para substituir a Pascualón, Memo se consiguió un mayordomo joven, Mario, quien como gato en celo iba y venía carretera arriba, carretera abajo, de Támesis a La Mesa y de La Mesa a Támesis buscando con quien perpetuar el molde. Para ponerle coto a esas idas y venidas que no lo dejaban trabajar y que Mario calmara sus ansias de perpetuación, Carlos y Memo lo casaron con una joven del lugar, Nury, de quien a los nueve meses nació Cagaíto. Yo conocí a Cagaíto de tres años, dos antes de la fiebre del dengue, y era un niño apacible y resignado. Ni grandes berrinches ni grandes alegrías. La suya era la simple vida que llevan los niños campesinos de Antioquia, arroyos cristalinos mientras no venga alguno a cagarse en ellos. Que es lo que hicieron Carlos y Memo con Cagaíto cuando lo tomaron bajo su tutela (perdón, protección), y elegido Carlos alcalde lo coronaron rey de Támesis. Cagaíto entonces empezó su reino. Cagaíto aquí, Cagaíto allá, Cagaíto en carro, Cagaíto en moto, Cagaíto en jeep. Cagaíto en sesiones, Cagaíto en procesiones, Cagaíto en comisiones. En primera fila del recinto del Concejo: Cagaíto. Adelante en la procesión del Sábado de Gloria portando el cirio pascual: Cagaíto. Atrás repicando en la procesión con una vela: Cagaíto. En misa del gallo para despedir el año: Cagaíto. Y adonde fueran el alcalde cívico y el alcalde electo: Cagaíto. ¿Que en avión a Bogotá a gestionar un empréstito? En avión Cagaíto a Bogotá a gestionar un empréstito. ¿Que en lancha por Bahía Solano a inspeccionar una hidroeléctrica? En lancha Cagaíto por Bahía Solano a inspeccionar una hidroeléctrica. ¿Que en avioneta sobre el Eje Cafetero a conocer la hacienda Panaca? En avioneta Cagaíto sobre el Eje Cafetero a conocer la hacienda Panaca. ¿Que Carlos en su parihuela recibiendo la aclamación del pueblo? Cagaíto en la parihuela de Carlos recibiendo la aclamación del pueblo. Se había montado Cagaíto en la parihuela de la victoria y de ahí no lo bajaba nadie. Cuando estaba de buen humor, Cagaíto se reía con sus cinco dientes; cuando no, le acometían las pataletas del demonio. Mandaba, pedía, exigía. A los tres años conjugaba fluidamente el verbo "querer":

—Quiero confites. Quiero colaciones. Quiero una patineta.

—¿Y qué más querés, Cagaíto?

—Quiero ser alcalde.

A los cuatro empezó a conjugar el verbo "dar" en su sentido de "pedir" con una obsesión digna de congresista colombiano:

—Déme plata, déme plata, déme plata.

Ropa de marca, zapatos de moda, juguetes cibernéticos, de todo para Cagaíto. Chofer que lo transportara, carro expreso que lo llevara, caballo para montar. Recorrió trochas, senderos y carreteras; visitó pueblos, corregimientos y veredas; conoció mansiones, cantinas y fondas; viajó por ríos, riachuelos y montañas. Cumplió comisiones en la ciudad y encabezó procesiones, desfiles y cabalgatas. Cuando la maestra lo regañó por faltar a la escuela, Cagaíto le contestó:

—¡Ve esta vieja güevona! Te voy a acusar con Carlos pa que te eche.

Carlos, que no había podido lograr coalición política entre los concejales, resolvió ponerlos en evidencia ante el pueblo y mandó transmitir en vivo los debates del Concejo por el canal comunitario para que viera Támesis qué representantes tenía. En primera fila robando cámara estaba siempre Cagaíto. Y al día siguiente apostaba con sus compañeros de la escuela a ver quién salía más en la televisión. Para entonces Cagaíto quería ser presidente de Colombia. ¡Qué lejos estaba ya del

Cagaíto humilde que se contentaba con ser alcalde de palio y palanquín!

Tras el banquete de los gorrones, La Batea, La Floresta y La Cascada entraron en franco proceso de desintegración. Convertidos sus mayordomos y sus peones en huestes de la campaña, ya no hubo quién se encargara de las tres joyas: los potreros se alzaron, los ladrones entraron y la Estrella africana invadió el cafetal. Maleza por aquí, acequias rotas por allá, desmantelamientos en los beneficiaderos y en las casas.

—¿Y dónde está el piano que no lo veo?

—Se lo llevaron.

—¿Y el clavinova?

—Se lo llevaron.

—¿Y la vitrola?

—Ay don Carlos, ¡cuánto hace que se la llevaron!

Lo que el viento se llevó. "Llevarse" en Colombia por lo visto significa "robar".

Lo anterior al amanecer mientras desayunaban y constataban con dolor los bienes idos. Luego al anochecer, cuando regresaban bajo tremendo aguacero, adentro de la casa seguía lloviendo: las goteras que nadie cogía cantaban sobre el embaldosado de los cuartos:

—¡Plas! ¡Plas! ¡Plas!

—¡Cotorrina! ¡Poné una bacinilla debajo de esa gotera que no nos deja dormir!

—¡Cuál bacinilla, don Carlos, también se la llevaron!

—Ah… —decía el pobre y caía fulminado.

Dormía con un sueño de piedra.

Siempre durmió bien. A veces cuando en la alta noche las preocupaciones por las quebradas y las goteras se le "emputaban" o rebosaban se despertaba, iba a la "nevera" o refrigerador, sacaba un pan frío y un jamón frío y se hacía un sandwich frío de jamón.

Y a dormir otra vez. Buena persona Carlos y buena persona Memo, ambos de buen corazón.

—¿Y ellos cómo eran? ¿Altos? ¿Bajos?

—Carlos alto y Memo bajito; Carlos flaco y Memo gordito.

—¡Don Quijote y Sancho!

—No, dos Quijotes. Todo el que tenga finca y cultive café es un Quijote.

Esbelto mi hermano. Cierro los ojos y lo veo con su sombrero alón al viento, cabalgando. De preocupación en preocupación y de sandwich en sandwich fue ganando un poco de barriga y perdiendo un poco de esbeltez. ¡Pero qué importa, si todos nos vamos a morir! ¡Roe el orín el hierro y lo corroe, no nos vamos a acabar nosotros! ¡Qué carajos! Esto es así. El mundo cambia, la vida pasa y los mayordomos son una plaga. Apuesto lo que queda de La Cascada contra un quintal de viento a que a nadie que tenga finca le han dado jamás una buena noticia: son mensajeros de las malas. Y aunque los he mencionado mucho, por falta de espacio y tiempo aún no he explicado qué son: "mayordomo" en Colombia es el administrador de una finca: todo lo que ésta produzca es para ellos, pero los gastos y los intereses de las hipotecas y su sueldo y sus prestaciones y los sueldos y las prestaciones de los peones corren por cuenta del patrón. Se les llama "mayordueños". Con una mano son muy honrados; con la otra no tanto. Van a misa, son carnívoros, oyen radio desde que amanece hasta que anochece, nacen, crecen, se reproducen y mueren y creen en Dios. Dios ni los voltea a ver. ¿Y si no por qué los mantiene tan pobres en tanta miseria? Dios quiere al rico; al pobre no. Carlos y Memo pretendían amar, con amor de cristiano, a Cotorrina y a Pascualón; y éstos igual a sus patrones. Pero no, eran mentiras de un lado para contrarrestar las mentiras del otro. Cuando Pascualón y Cotorrina se marcharon Memo descansó. Se sentó y dijo:

—¡Uf!

Doce años tuvo encima la espada de Damocles. Doce años menos un día.

Con Mario, el papá de Cagaíto, a La Batea se le cayó el techo y el corredor trasero se derrumbó: montada como estaba la casa en zancos sobre la loma, se fue loma abajo rumbo al abismo. Con su piso de tabla, sus macetas mustias y sus chambranas podridas rodó. ¡Cuánto aguardiente no bebimos Memo, Carlos y yo en ese corredor soñando despiertos! Desde él a veces veíamos salir, como la locura por entre un par de tetas, a la luna rabiosa por entre los farallones de La Pintada. Y luego se iba alzando, amarilla, roja, imponente Selene. A mí me enloquece, me pone a aullar. Pienso entonces en otra cosa, miro para otro lado. Entro al cuarto de Memo y pongo en el tocadiscos un bolero de Leo Marini: "Ya lo verás". Con Leo Marini vuelvo a ser yo. Yo soy unos viejos discos rayados que me siguen dando vueltas en el coconut. Tercer Mandamiento: El que se haga elegir para el bien del prójimo y no para el propio es un güevón. Cuando a mí me elijan no dejo quinto sobre quinto y endeudo hasta al Putas.

El corredor delantero, sin embargo, seguía en pie, y era el que daba a la carretera. Antes de que Carlos la asfaltara y la alumbrara, vivía empolvado, y en la noche a oscuras. Con el nuevo alcalde el problema se acabó.

—¡Claro! —decía la maledicencia pueblerina—. Carlos asfaltó e iluminó la carretera para valorizar la finca del tal Memo y La Cascada.

¿Y La Coqueta qué? ¿Y La Fabiana qué? ¿Y El Pencil y La Cristalina y La Nacional y El Papayal y El Tabor y La Florida y Villa Estela y El Diamante y La Linda y La Mesa y Villa Rocío y Las Clavellinas y Fátima y Carelia y El Pomo de Doña Inés que son ajenas pero que también están a la orilla de la carretera, ésas qué? ¿A ésas no las valorizó la asfaltada de la carretera? ¿Y no valorizó a Támesis al acercarlo a Medellín que está tan cerca del cielo? Para no valorizar La Batea y La Cascada,

¿que siguieran tragando polvo todos, abajo en las casas o arriba en el camión? ¿Por qué les asfaltaste, Carlos, güevón, la carretera a ese pueblo de comemierdas? Los hubieras dejado tragando polvo para la eternidad.

Además, y sopéselo usted que es imparcial, extranjero, ¿no hay que pagar pues en Colombia un impuesto de valorización cada vez que le echan una capa de asfalto a una calle cerca a la casa de uno o tapan un hueco? La Batea, que estaba en una curva a la orilla de la carretera, lo pagó. Y no se valorizó. Y La Cascada lo pagó. Y tampoco. Y si ambas fincas con el tiempo resultaron valiendo más en pesos, fue porque se devaluó el peso. Allá llaman "valorización" a la devaluación. Las yucas que se compraban con lo que valía La Cascada antes de la devaluación son las mismas yucas que hoy se compran con lo que vale La Cascada después de la devaluación. En yucas La Cascada hoy no vale una yuca más por la asfaltada de una carretera. Ni en bolígrafos, ni en condones, ni en cocos. Y al que se siente sin trabajar a rascarse las pelotas a ver si se le valorizan, ahí va el impuesto a las pelotas. ¡Qué se van a valorizar! Nada en Colombia se valoriza. Todo se desvaloriza, empezando por la vida humana. Para pagar el impuesto de valorización de La Cascada tuvimos que vender el jeep nuevo. El viejo ya se lo habían robado a papi a punta de pistola: se le reventó la úlcera que le había resultado de hacer tanta fuerza por tanto impuesto y desangrado murió en el hospital. Senadores y representantes a la Cámara del Honorable Congreso de Colombia: con el debido respeto les propongo, señorías, que al impuesto de valorización le cambien el nombre por el de impuesto de devaluación. Cuarto Mandamiento: No te hagas elegir si no vas a robar, pendejo. Y que el pueblo trague polvo y coma mierda.

Por esa curva que dije de esa carretera que dije un camión borracho repleto de pasajeros se salió y fue a dar contra la casa de Memo: la atravesó antes de rodar al abismo que era, ni más ni menos, el que le daba arriba tan bonita vista al corredor trasero. ¡Plas! Lo que quedaba de La Batea se desplomó en medio de un polvaderón. Finca de La Batea, *requiescat in pace*. Naciste en el polvo y moriste en él. Estabas construida como Colombia sobre un abismo. Te la pasabas día y noche tentando al Diablo hasta que el Diablo te llevó. Fuiste una ilusión, un sueño. Y tú, Selene, bonita, mamita, seguirás saliendo en las noches en pelota por entre los farallones a tentar cristianos, mas ese espectáculo prodigioso tuyo no lo volveré a ver.

Tan profundo sería el abismo de La Batea que no salieron los muertos del accidente ni en foto en El Colombiano. El padre Sánchez, que cantó el entierro del chofer borracho y sus treinta y cinco pasajeros, tuvo que oficiarlo con los difuntos *in absentia*. Iban en un camión de los de antes, de escalera, con sus seis bancas abiertas por un extremo y ventanillas en el otro. Camiones de escalera no había sino en Colombia y hoy ni eso. Hoy son buses encerrados.

A Memo no se lo llevó el camión con todo y casa y Cagaíto y mayordomos porque andaba con éstos en el pueblo, en el Concejo, en sesiones.

En la misma curva pero sobre un alto de la otra orilla de la carretera Memo construyó otra finca que llamó Las Ánimas. Tras el accidente vivía obsesionado con unas matas de plátano que lo llamaban desde el abismo por donde rodó el camión:

—Vení, vení —le decían.

—¿A qué? —preguntaba él, asustado.

—A sacarnos de penar.

Alma candorosa, Memo creía que las ánimas de las matas de plátano lo llamaban a que se sacara un entierro. En Colombia cuando no había bancos el que algo tenía lo convertía en morrocotas de oro que enterraba en una olla entre las vigas de un techo, en un barranco o bajo un árbol, diciendo: "Aquí te entierro y aquí te tapo, el diablo me lleve si de aquí te saco". Memo no sabía qué hacer. ¿Bajar al fondo del abismo a escarbar? Y nosotros, por joder:

—Memo, la próxima vez que te llamen a que te saqués los entierros, contá las matas de plátano a ver cuántos son.

—Son treinta y seis, ya las conté.

—Güevón, entonces son el chofer con sus treinta y cinco pasajeros desarrapados. Ésos no dejaron sino deudas.

Un rayo le agujereó Las Ánimas, que empezó a arder. A zapatazos Memo logró apagar el incendio, que si no, hoy con todo y su alcaldía cívica sería un damnificado más que sumado a los del desgajamiento del cerro de Cristo Rey, a los de las crecidas del Río San Antonio y las quebradas La Peinada, El Guamo y La Mica, y a los que vinieron a cobijarse en Támesis tras el terremoto de Armenia y el Eje Cafetero, le habría rebosado a Carlos la taza amarga de la damnificación que le tocó beber hasta las heces. Por el hueco que le abrió el rayo, cada vez que llovía se le encharcaba a Memo la casa.

La Peinada entre otras locuras en un invierno se tragó una Renault atestada de pasajeros, todos descendientes de Adolfo Naranjo, y se le llevó una nieta. La Mica, que nace en la vereda La Juventud y muere en el Cartama, antes de morir se represó y en plena noche, de sopetón, sin respetar niños ni mujeres ni ancianos se soltó y de un bofetón tumbó una casa: diez muertos: el abuelo, la hija y los nietos. Tampoco salieron en El Colombiano. Una "mica" en Colombia es una mona o simia maromera especialista en hacer lindezas. Las casas que se llevó el río San Antonio fueron veinticinco y Carlos las tuvo que reconstruir con recursos del municipio pero cambiándolas de lugar: las ubicó en el pueblo mismo cerca de la calle de las putas. Ese San Antonio es un río ambidextro que se parte en dos: un brazo se sigue llamando igual, Río San Antonio; al otro le da por llamarse Río

Támesis. Y he aquí el pueblo reconvertido en río, en el río que fuera y que nunca debió dejar de haber sido: un simple río inglés que pasa por Londres.

Ah, se me olvidaba: en invierno o época de lluvias esa carretera se convertía en un lodazal. En verano tragaban polvo y en invierno pisaban lodo los comemierdas. ¡Valorizacioncitas a mí!

El padre Sánchez llegó a Támesis por la época en que Carlos regresaba de Europa a comprar La Floresta y a sembrar los noventa mil cafetos. Era un cura viejo de los de antes, de los de hisopo para expulsar a Satanás y misa en latín. Venía de Concordia, que es un pueblo violento. Para no quedarse atrás, Támesis lo recibió con una racha de muertos. Inauguró su curato con el entierro de John Julio Obando, de veintiséis años y de la vereda de Nudillales, asesinado "a balín", o sea a bala, en la zona de tolerancia o barrio de las putas "por vicioso". Y siguió con: Marini, asesinado a balín al pie del bar La Indiana cuando contaba con veintidós añitos apenas; Chichipato, asesinado frente al hospital cuando contaba con veinte años apenas (algo después mataron a su papá cerca de la cárcel, pero ése ya era un viejo de cuarenta); Diego Martínez, compañero de Chichipato y asesinado a balín por las fuerzas del orden justamente "por vender balín"; Chorrodihumo, asesinado a balín en el parque por marihuano; Cabezón, asesinado a balín y su cuerpo tirado a la quebrada Santa Elena de la vereda El Hacha; Gustavo Giraldo educador, muerto también a balín en el barrio de las putas; el señor Benjumea, muerto a balín en el pueblo en el sector de La Playa después de tres intentos infructuosos de asesinato en El Hacha; Mayita, muerto a balín y desenterrado por sus amigos que lo sentaron al pie de la bóveda a darle aguardiente por la fuerza con un embudo para después violarlo; Alfredo Gallego, también de El Hacha, muerto a balín en su propia casa; el Cazador Nocturno, muerto a balín por enredos de faldas; los Minchos de La Betania (dos), muertos a balín por culebras raras. Y ya, no más. Eso es todo.

Pero el padre Sánchez venía de Concordia, que en verdad es un pueblo violento, y cansado de enterrar se dormía en los entierros. Ya estaba viejo. Alzaba dos veces en misa, o tres. Todo se le olvidaba. Daba dos o tres veces la comunión. Y así. Le encantaba la plata. Pero no para él, para la iglesia. Para poner a andar el reloj de la iglesia, un viejo reloj alemán que estaba parado desde el último terremoto marcando las diez, rifaba un carro. Vendía los boletos impares y se guardaba los pares. Así se ganó cinco rifas y con lo que juntó puso a andar el reloj y construyó en el sector de Cuatro Esquinas una "mezquita". Así llamaba él la capilla de San Rafael que levantó con tantos esfuerzos y tantas rifas. Cuando monseñor Aristizábal, obispo de Jericó, lo mandó para Salgar, que es más violento que Concordia, porque ya eran suficientes sus vacaciones en Támesis, pasó a rifar el carro con los boletos pares y así pudo construir otra "mezquita". Con Carlos se entendía a las mil maravillas. Cuando no querían que el pueblo se enterara de qué estaban hablando, hablaban en latín. Se decían el "Quo usque tandem Catilina", y la gente se preguntaba:

—¿Quién será Catilina?

Pensarían que era una mujer.

La Semana Santa el padre Sánchez le daba a Carlos "sus palomitas" en el púlpito. Carlos entonces se subía al púlpito y se pronunciaba su sermón:

—Tamesinos: En esta Semana Santa debemos imponernos la consigna del amor al prójimo. Como todos los años, ésta es la época que el mundo católico destina para la meditación, la reconciliación con sus semejantes, ponerse en paz consigo mismo y recapacitar sobre ese acto de entrega humanitaria realizado a comienzos de la historia de la civilización cuando Jesús, Cristo, el Nazareno entregó todo para inmolarse en bien de la humanidad y sus principios religiosos. ¿Por qué no imitar tan digno ejemplo de sacrificio por los demás? No necesitamos colgarnos de una cruz ni lacerarnos a punta de azotes y coronas de espina. Sólo nos basta con ser comprensivos con el prójimo.

Etcétera. Y acababa:

—Toleraos los unos a los otros como yo os tolero.

Yo no lo oí pero lo leí: lo leí en Internet en el boletín de Támesis que publicaba en su página web con la que catapultó al pueblo en la era de la informática.

Mientras Carlos predicaba en el púlpito, dos caían entrelazados en pelota sobre el mostrador de la cantina Indira en el marco de la plaza: un hombre y una mujer. Cedió el entablado del segundo piso y cayeron sobre el primero entre un estrépito de tablas y botellas y vasos rotos. Eso yo no lo vi pero me lo contaron. Quebraron el traganíquel o "piano", como le dicen las putas.

Ah padre Sánchez este, tan bueno para las limosnas y la plata. Salía de finca en finca en el carro de la parroquia y en las volquetas del municipio que le prestaba Carlos a recoger la limosna de San Isidro, y regresaba con los vehículos atestados de racimos de plátano, yuca, café, gallinas, terneros, marranos. Montó toldo en la Plaza de la Tutela y corral en la Feria de Ganado. Su sueño máximo era construir La Gota de Leche, una lechería que tenía planeada en el sector de Cuatro Esquinas cerca de la "mezquita" para atender a las parturientas preparto y postparto hasta que se recuperaran y médicamente fueran aptas para volver a sus veredas de origen a seguir procreando. No alcanzó porque el obispo Aristizábal le interrumpió las vacaciones tamesinas y lo trasladó a Salgar.

La iglesia de Támesis fue construida con una sola torre, que es como la conoció mi padre. Un día el Señor con un temblor se la tumbó, y el párroco de entonces, el padre Vélez, hombre previsor, le construyó dos:

—Si los designios del Altísimo para la próxima son tumbarnos una torre, ahí nos queda la otra.

Como está ahora, con dos torres, se puede ver en el sitio que abrió Carlos en Internet: doble u, doble u, doble u, punto, paraíso, punto, támesis, punto, com. No necesita marcar más. Incluso si quita las doble u, no importa. Pero no le vaya a quitar los puntos ni el paraíso.

Para mover la generosidad de los feligreses, el padre Sánchez mandó tumbarle el techo a la iglesia, y así multiplicó por diez los diezmos. Volvió a entechar la iglesia y ya le sobraba plata hasta para Dos Gotas de Leche cuando monseñor Aristizábal le cortó las alas y lo trasladó a Salgar.

Con Carlos salía por las veredas a caballo. Él a pedir limosna y Carlos a adelantar su campaña "Pague ya o le vamos a expropiar". Quinientos millones en impuestos prediales atrasados le debían los tamesinos al municipio. Algunos le adeudaban hasta ochenta cuotas vencidas, esto es, veinte años sin pagar un peso. Y ahí iba la mancuerna bajo el sol tórrido. Se bajaban en alguna casita campesina a beber agua, y Carlos se quitaba su sombrero alón y se lo ponía solícito al cura no se le fuera a insolar el santo por la tonsura. El poder temporal y el poder religioso unidos según la más sólida tradición de Colombia. Daban ejemplo. ¿Qué alcalde hoy en Colombia habla latín y domina un púlpito?

—Apoyen a don Carlos —les decía el padre Sánchez a sus feligreses—, que alcalde como éste no volverán a tener.

Y así llegaron las navidades y el fin de año. En su balance del primer año de su mandato Carlos se podía jactar de que en tan poco tiempo bajo su timón Támesis había encontrado por fin el rumbo. No había celebración civil o religiosa, acto terrenal o celestial, gozoso o luctuoso a que él no asistiera: debates del Concejo, fiestas del cacao, ferias ganaderas, conferencias, juntas, graduaciones, celebraciones, inauguraciones, procesiones, foros, marchas, jornadas, festivales, campeonatos, torneos, encuentros, bingos, retretas, partidos de fútbol, limpia de calles, siembra de árboles, armadas de catre, capadas de marrano, bautizo de pobre, entierro de rico… Carlos bautizaba a los recién nacidos, confirmaba a los bautizados, les daba la primera comunión a los confirmados, casaba a los novios y despedía a los muertos. Más de una novia entró de su mano por la nave central de la iglesia mientras la banda Santa Cecilia les tocaba la Marcha Nupcial. Y se la entregaba al novio:

—*Ego conjungo vos in matrimonium, per Dominum nostrum Jesum Christum.*

¡Y cuántos no partieron para el viaje eterno agradecidos del verbo inspirado de Carlos que le sacaba méritos al difunto hasta de debajo de las piedras! De ciento ochenta asesinatos que se daban en Támesis al año, Carlos los rebajó a ciento diez. Bajo Carlos Támesis era un pueblo feliz. Carlos y Támesis, una sola moneda con dos caras.

Y empezó a dotar las escuelas de computadores. En la segunda planta del edificio de la Federación Nacional de Cafeteros, que está en el parque, acondicionó una sala con treinta y cinco computadores abierta a niños y ancianos. Y no bien los niños aprendían a conectarse al Internet, ¿qué creen que es lo primero que buscaban? ¡La página web de Támesis! Doble u, doble u, doble u, punto, paraíso, punto, támesis, punto, com.

—Mirá, mirá —gritaban los niños excitados—, ¡el cerro de Cristo Rey!

—Y mirá el charco azul.

—¿Y esa iglesita cuál es?

—Pues la iglesia, ¿no ves el parque?

Allá abajo, en un panorama esplendoroso de montañas e inmensidades visto desde arriba a la altura de vuelo de un gallinazo se veía Támesis, con su parquecito y su iglesita de dos torres. La realidad deja siempre mucho que desear, las cosas se ven mejor en Internet. Y hundiendo otra tecla se les aparecía, sonriente, en la pantalla, Carlos. Acostumbrados a verlo en la televisión por el canal regional en debates, corrían ahora los niños exultantes a contarle que lo acababan de ver en Internet.

Dicen, pero no me consta, que a esa sala de cómputo se presentó un día don José Eladio, el nonagenario de la vereda Pescadero, a informarse. Que miraba para acá y para allá sin osar acercarse a los niños, intrigado. Por fin se acercó a un muchachito y le preguntó:

—Ve m'hijo. ¿Qué botoncito hay que hundirle a eso para que le salgan a uno viejas en pelota?

—Ah, yo no sé —le contestó el primerizo asustado—. Yo apenas estoy aprendiendo.

Ese charco azul que dijeron los niños es un prodigio. En las afueras del pueblo, en la parte alta de atrás, más allá del colegio de las monjas y desde donde arranca el cerro de Cristo Rey, en un paraje de cuento de hadas hay un charco mirífico del Río Conde donde se bañan desnudos los niños que se escapan de la escuela. Arbustos y matorrales lo cercan. Desde esos arbustos y matorrales cuatro ojos ven: dos cacorros: Lucho y Ritiña. La baba se les chorrea de las fauces ávidas. Entran al agua los niños, salen del agua los niños, chapotean, desde una roca se lanzan, luchan. Un gavilán cruza cortando el aire como con una cuchilla de afeitar: ¡Fshhh! En otro estrato de vuelo, más arriba del del gavilán, planean los gallinazos. Vuelo negro de gran aliento que no exige aleteo: grandes ascensos, grandes descensos como en un tobogán de vértigo. Más arriba del estrato de los gavilanes está la esfera de Dios, que todo lo sabe, que todo lo ve. Los mirones desde el rastrojo miran a los niños, y el Gran Mirón desde su Santa Gloria mira a los mirones. No los censura, nada les dice. Si algo malo estuvieran haciendo, los fulminaría con un rayo. Pero no. También los dos mirones de abajo como los niños y los gallinazos y el charco y el gavilán son obra de Él.

Tocayo Orozco, sastre que está en camino al cementerio (noventa años), tiene camino al ce-

menterio en la carrera Bolívar enseguida de La
Playa una sastrería. Se sienta en la acera en un ta-
burete que recuesta en la pared, a coser y a ver pasar muertos. Lleva su contabilidad. Detrás de la
puerta de entrada marca con una raya vertical los
que mueren en la gracia de Dios; con una raya
horizontal los que mueren en la gracia del Diablo;
con una raya oblicua los que se suicidan; y con las
mismas marcas pero encerradas en un círculo las
mujeres. A Juan José Valencia, adolescente amor
de Darío D'Alleman juez penal de Támesis, lo
marcó con raya horizontal: lo acuchillaron en el
orinal del Club Antioquia que de club no tenía nada pues era una vulgar cantina. A Bernardo Arcila, el dueño del "club", igual, con raya
horizontal: le aplicaron en el coconut dos balines
o balas o pepas: dos pepazos: ¡pum! ¡pum! Tres le
aplicó en igual sitio en venganza Guillermo Valencia a un primo del asesino de su hermano Juan
José, y un primo del primo algo después mató a
Guillermo. El primo del primo se volvió chofer
y se compró un camión de escalera. Camino a
Medellín en el Alto de Minas, al que los camiones llegan resoplando casi a punto de pararse pero felices de haber coronado la montaña, al primo
del primo que asesinó a Guillermo un hermano
de un primo de Juan José lo estaba esperando y
le chantó dos balines en la crisma bautismal: con
cuarenta y tres pasajeros el camión se fue barran-
ca abajo. Otros que no salieron ni en El Colom-

biano. En Colombia un muerto trae a otro muerto y el otro muerto trae a otro más, es lo justo, ¡pero cuarenta y tres! ¿No se les fue la mano?

A mi querido amigo Alberto Restrepo que tantos muchachos me dio, el sastre Orozco lo marcó con raya oblicua. A la entrada de su finca El Cortijo, en la portada, con un rifle y luna llena Alberto se pegó un tiro en la sede de sus angustias y sus pesares. A Torombolo, su amorcito, y a quien un alcalde anterior a Carlos cuidaba porque estaba "sentenciado", lo separaron del alcalde con triquiñuelas, y diez minutos después se oyó un triquitraque: una mini-Uzi cantarina dio cuenta de él. Al arriba mencionado Darío D'Alleman, ex juez de Támesis y luego abogado de la cuadrilla legal del doctor Echavarría o Pablo Escobar (para nosotros simplemente "Pablo"), lo mató un apetitoso joven tamesino, Malagana, en Envigado.

¿Pero por qué estoy hablando de estos muertos que no son del padre Sánchez sino de un párroco anterior, el padre Arcila? Los voy a borrar del libro. Con los de la alcaldía de Carlos me bastan. Aunque, pensándolo mejor… Observando con perspicacia de tanatólogo los casos, vemos que empezamos con un cuchillo y acabamos con una mini-Uzi. ¡Y esto es progreso! Si a mí me toca, y toco madera, que sea con mini-Uzi que mancha menos. Antes del cuchillo Colombia se decapitaba a machete. *O tempora! o mores!* Qué horror! Me ponen los pelos de la cabeza de punta. Yo no quiero morir así. Yo quiero morir en mi cama de un miniinfarto.

—¿Y alguien habrá, por casualidad, en la lista de Tocayo Orozco marcado con la raya vertical de los que mueren en la gracia de Dios?

—Mi papá… Que murió en un hospital desangrado después de que le robaron el jeep.

Cumplido un año de su gestión, Carlos empezó a llamar a Támesis "municipio estrella del ciberespacio". Estaba obsesionado por la informática. Y siguió abriendo centros de computación por todas partes. En la Escuela Víctor Manuel Orozco, donde estudió de niño mi padre, fundó uno que fui a conocer. Entré al viejo caserón con el corazón palpitando como si algo quedara ahí de mi padre, pero sin poder decir qué. Los muertos tenemos almas dispersas que se disgregan en la carcoma de las vigas, en el aserrín de las tablas, en el polvo del aire. Y en esa cal que arranca el viento de las tapias de cementerio donde anuncian la Urosalina que deletreada a toda verraca, como en el radio, se lee así: u-ere-o-ese-a-ele-i-ene-a. ¡Urosalina! La puerta de Tocayo el sastre tiene más rayas que una cebra. Falta la suya, que no sé quién va a trazar.

Era una escuela centenaria de espacios amplios, paredes gruesas y techos altos vencidos por el abandono y que Carlos restauró. En una de esas altas, frescas, vastas salas montó un centro de computación. Y pasé a ver: niñas y muchachas, niños y muchachos abismados en las pantallas, en silencio, como en un extraño ritual. ¿Qué buscarían en esas máquinas? ¿Qué tánto verían ahí? ¿Con quién se comunicaban? ¿Con alguien? ¿Con nadie? Nadie hablaba. A lo mejor la muchachita del extremo izquierdo se estaba comunicando con el muchacho del extremo derecho… A la juventud de hoy no la entiendo. "Tac-tac-tac-tac" se iban diciendo con su tecleo. ¿Qué se decían? ¿Mensajes de amor? ¿Cuáles son las palabras del amor hoy? Entonces el empeñoso tecleo sobre el silencio me recordó un antiguo rumor: "Aj-aj-aj-aj": jadeos. Eran los maricas del cuarto oscuro de los baños turcos Continental de Nueva York que, en una multimisa desnuda de ciento cincuenta cocelebrantes conectados los unos a los otros, oficiaban en silencio como en Internet.

—Carlos, ¿cómo se dice "Internet" en latín? ¿Se puede? ¿Es posible traducir una palabra viva a una lengua muerta?

Silencio. Ya Carlos no está. Ni Memo. ¡Cuánto hace que murieron! Este libro no habría sido posible sin la muerte de ellos. No me lo habrían permitido escribir.

El Concejo estaba integrado por once ediles o pillos de fauces abiertas *ad honorem*. ¿Quién, si no va a comer, trabaja de balde? Los concejos de Colombia son una bofetada al sentido común y hay mil. Compiten con el Congreso en ladronería. Colombia en sus constituciones parte de la base de que hay ciudadanos honrados que la quieren gratis. Inmenso error. Si los hay, no los conozco; y si los hubo, idos son: ya los anotó el sastre en su puerta. Hoy por amor nadie gasta su tiempo en ti, Colombia. Todos van detrás de algo: un puesto público o la comisión de un contrato. No bien salió el sol del primero de enero Carlos convocó al Concejo para exponerles sus proyectos: el de la Casa de la Cultura, los de los corregimientos de Palermo y de San Pablo, el del hospital… Y proyecto que iba diciendo y los once pillos de fauces abiertas se señalaban con el índice el pecho:

—Para mí la Casa de la Cultura.

—Para mí la personería del municipio.

—Para mi yerno San Pablo.

—Para mi mujer Palermo.

—Para mi moza el hospital.

Y le iban ofreciendo sus voluntades a cambio de los diferentes cotos de poder. No digo los nombres por ser de todos conocidos: Alirios, Albeiros, Albertos, Martínez, Vásquez, Velásquez. Ponga usted los nombres que quiera y los apellidos y le atina porque no hay pierde, Colombia es así.

Un angurrioso quería la dirección del megaproyecto hidroeléctrico. ¡Del "Megaproyecto Integrado de la Cuenca de Río Frío y del Distrito de Riego más grande del centro de Colombia"! ¡Claro! Para tener la llave mágica del contrato y embolsarse la comisión. ¡La megacomisión! ¿De cuánto podrá ser la comisionsaza de un contrato de veinte millones de dólares que le va dar diez mil empleos a Támesis, la gloria a Carlos y luz a esta galaxia? Colombia, mamita, ¿por qué no les pagás a los concejales para que no te roben? Y puesto que de todas formas te van a robar, ¿por qué no eliminás los concejos? Para ladrones con tus alcaldes basta. Si ahora me ocupo de uno es porque es mi hermano. Y si es mi hermano es honrado. Y el que no crea o titubee o dude se me va yendo de una vez de este libro.

Y con el cartapacio del megaproyecto bajo un brazo y Cagaíto de la otra mano, el alcalde honrado, el güevón, el iluso, mi hermano, viajaba a Bogotá a hacer gestiones ante el Congreso y la presidencia y a tocar puertas cerradas que no se abrían. Y viaje y viaje en avión a Bogotá con Cagaíto por Avianca con riesgo de sus vidas. Por la ventanilla del avión incierto veían abajo la otrora verde sabana, hoy vuelta colcha de galpones.

—Adiviná, Cagaíto, qué son.

—Gallineros.

—No, flores.

Flores para los gringos cultivadas con sudor y lágrimas bajo esos toldos de plástico que se nos cagan en el paisaje y nos bajan el nivel freático cuarteándonos las carreteras de la sabana. Por una de esas cuarteaduras de una de esas carreteras, yendo hacia Tabio, en un jeep, se fue mi hermano Darío, el de las locas ilusiones, con todo y jeep e ilusiones y no lo volvimos a ver. ¡Sabana de Bogotá, qué hermosa que eras!

A los gringos todo va a dar: flores, petróleo, café. Y ese polvo blanco que despeja la nariz y aclara el alma y que un conocedor inspirado llamó el champaña de las drogas.

¡Conque el Concejo se pensaba repartir el porvenir de Támesis! ¡Mamola! ¡Coman aire, ediles! Ni un puesto les dio, ni un contrato les dio, ni una ilusión, ni una esperanza. Y como empezaron a bloquearle su gestión, convocó a sesiones al pueblo y a las cámaras de la televisión. Por eso vio usted ahí entre el público, en primera fila, en la gran sala del Concejo, en la pantalla chica, en sesiones, a Cagaíto gritando:

—¡Viva Carlos, mueran los ediles!

Con Carlos "edil" en Támesis pasó a ser sinónimo de "hijueputa".

No pudieron con él. Con mi hermano nadie puede. Y ahí va, viento en popa a caballo, espoleando la popa y con su sombrero alón al viento y párroco adjunto a su derecha.

—Padre Sánchez, ¿viene muy acalorado? ¿No le provoca un aguardientico?

"Provoca" allá quiere decir "se le antoja". Allá todo lo cambiamos y lo que está bien lo dañamos y lo que está mal lo empeoramos y lo que está "pior" lo mandamos, de una solemne patada en el culo, al carajo.

Y cuando queremos insultar más a un hijueputa, lo ponemos en diminutivo. Por eso hoy voy a mandar a mis loros verdes a que le digan a Tirofijo:

—¡Hijueputica!

La minihijueputiadera en Colombia va viento en popa.

De Bogotá usualmente regresaba alicaído.

—Carlos —le decíamos por joder, enterados de que Buñuelo le estaba torpedeando en el Congreso su proyecto—, ¿cómo va el megaproyectón?

—Ahí va —contestaba con el rabo entre las patas.

En el boletín cibernético, que además del Internet publicaba en cuadernitos mensuales para que los leyera el pueblo, iba anotando sus logros, logro por logro hasta el último logro. Se abría el boletín con un mensaje suyo de buenos consejos al pueblo entre un recuento de logros, y seguía con una columna de aplausos y otra de rechiflas. La de aplausos ilustrada con un par de manos aplaudiendo; la de rechiflas, con una cara agria gruñendo. Aplaudía a los que le daban una banca nueva para la remodelación del parque y a los que se acercaban a la Tesorería a pagar sus "contribuciones", eufemística forma suya de llamar los impuestos. Censuraba a los que arrojaban basura en las vías públicas y a los que molestaban sin piedad a los bobos o cortos de espíritu del pueblo, careándolos para hacerlos pelear "como si de un circo romano de la edad antigua se tratara, sinónimo de las más salvajes prácticas que registra la historia".

Támesis tenía tres bobos: Tarazo, Plinio y Zenón. A Tarazo le decían los niños:

—Tarazo, enfurecete a ver.

Y el bobo se iba enfureciendo, enfureciendo, dándose cuerda a sí mismo, y la cara se le ponía roja y se le hinchaban las venas de la frente como si se le quisieran explotar.

—Aj, aj, aj, aj —decía jadeando.

Allá a los niños y a los muchachitos, aunque estén limpios, los llaman "culicagaos", y así, por ejemplo, usted oye a veces sorprendido que un tal le dice a otro tal en la calle:

—Mirá qué culicagao tan hermoso va ahí.

Pues bien, los culicagaos de Támesis se retorcían de la risa mientras Tarazo en su iracundia estaba a punto de caer fulminado.

Otro bobo era Plinio, "mueco" o sea desdentado, y "cumbambón" o sea prognata.

—¿Quién es el Putas de Támesis? —le preguntaban.

El "Putas", o sea el *non plus ultra*. Y él, con su amplia sonrisa desdentada y señalándose el pecho como el Corazón de Jesús, con candor contestaba:

—Yo.

Tenía un falo descomunal que ya se lo quisiera Schwarzenegger y Lucho y Ritiña lo ordeñaban.

Y al último bobo, Zenón, le decían los culicagaos:

—Zenón, te doy un peso si vas y le quebrás con esta yuca un vidrio al almacén de Alicia Vásquez.

Y ahí iba Zenón con la yuca a quebrarle el vidrio al almacén de Alicia Vásquez.

Alicia Vásquez fue una buena mujer: conservadora, copartidaria de mi papá, votó siempre por él. Tocayo la anotó con raya vertical en su puerta.

A las viejas como Alicia Vásquez, el solícito alcalde les montó el "Coro de la Tercera Edad", para que cantaran *a capella* "Tierra labrantía", "Borrachita", "Plegaria de amor", "Limosna de amor", "Te quiero", "Adiós casita blanca", "Soberbia", y otras piezas como éstas que él amaba de la música "clásica". Se presentaban en misas de difuntos y otras celebraciones. En una navidad se presentaron en la iglesia de Santa Ana donde alternaron con el coro infantil y algunos jóvenes de la banda Santa Cecilia. Las subían en una tarima con diez peldaños, la "Escala de Milán".

A la banda Santa Cecilia la dotó de uniformes e instrumentos: clarinetes, trompetas, oboes, fagotes. Gloria feliz. Batuta en mano se montaba en su podio como Hitler sobre Alemania, paseaba una mirada displicente sobre el público y, fulminando con ojos de chispas a sus músicos, de repente ¡brum! Arrancaba con la obertura del "Cazador furtivo" de Weber.

—Glorita —le decía yo—, estos montañeros qué van a apreciar esa música. Tócales "Tierra labrantía", que al que está acostumbrado a la aguapanela no hay que darle champaña.

—Ya aprenderán —decía la optimista.

Esta muchacha es de los orgullos míos. Talentosísima. Al nacer pesó nueve libras. De niña

a coscorrones le enseñé piano. Hoy toca el "To-
tentanz" de Liszt como Thalberg, pesa cincuenta kilos, es rubia, esbelta y espigada y tiene dos
hijos viciosos que le sacan canas. El otro día encontró al menor, de diez años, con un "vareto" o
cigarrillo de marihuana y un condón.

Pero volviendo al alcalde. A los jóvenes, que
lo que quieren es deporte para seguir jugando como niños y no salir de la niñez, deporte les dio:
campeonatos de fútbol, vueltas ciclísticas, torneos
intercolegiados, tardes interdeportivas, campeonatos intermunicipales, justas interveredales, jornadas
de voleibol. Les montó gimnasios multifunciona-
les, equipos de baloncesto, canchas de fútbol, un
instituto de recreación y una casa del deporte do-
tada de salón de juegos, cancha de tenis, baño tur-
co, mesas de billar, comedor y plazoleta con
pantalla gigante en el exterior. Y les organizó un
"mundialito" de fútbol en que las veredas represen-
taban países, así: El Hacha, Escocia; La Mesa, Ru-
mania; San Pedro, Dinamarca; San Luis, Italia; Río
Frío, Nigeria; La Matilde, Francia; La Mica, Brasil… ¿Me creerán que durante el mundialito no hubo ni un solo muerto? Ni uno solo de esos
muchachos anotó Tocayo el sastre en su aciaga
puerta. En el panorama del ciclismo internacional
los tamesinos tuvieron entonces su equipo de punta y momento de gloria; José Aicardo Orozco Zapata, considerado "el pedalista más completo de
Támesis", ganó la vuelta al Vaticano y Su Santidad
lo condecoró con indulgencias plenarias.

A los viejos les quitó los feos nombres de "viejos" o "cuchitos" o "veteranos", y se refirió siempre a ellos con eufemismo y respeto y les instituyó las Primeras Jornadas Recreativo-Culturales de la Tercera Edad.

Para los campesinos creó semilleros de ideas y los organizó en juntas de acción veredal.

A la quebrada La Sucia la limpió y la rebautizó La Limpia.

Para los heterosexuales amantes del buen teatro, fundó el Teatro Experimental de Támesis, TETA.

Con el fin de evitar la fijación de anuncios y pasquines en los muros que afeaban las edificaciones de la población, colocó carteleras en los costados norte y sur del atrio de la iglesia.

Para darle a Támesis tradición heráldica fundó la Orden de la Parihuela con grados de portalcaldes y portaestandartes.

A las mujeres las organizó en una Asociación de Damas Tamesinas, las dotó de escobas y las puso a barrer *ad honorem* el Parque Caldas.

A los muertos les pintó el cementerio.

¡Qué no hizo! ¡Por quién no hizo!

Los mensajes de felicitación "colapsaban" la página web del municipio estrella. Alice Starr, de Alberta, Canadá, le escribía: "Muy interesante el lugar donde viven. Se ve que es tranquilo y pacífico". ¡Como para mostrárselo al sastre de la puerta!

A las Hermanas Misioneras de la Inmaculada Concepción, de San Pablo, les cambió el techo del convento, "que amenazaba ruina", por uno nuevo. Del vicario cooperador de dicho corregimiento, León Darío Saldarriaga, recibió días después un mensaje de gratitud por dicho techo, que terminaba con el pelotudo "¡Dios se lo pague!" Dondequiera que estés Carlos ahora decime: ¿Te lo pagó?

En diciembre organizó un concurso de pesebres en que podían participar todas las casas del casco urbano y en cuyo jurado puso, entre otros, a Memo y a la primera dama Marilú. Los premios del concurso navideño fueron: Primer puesto, un cerdo; Segundo puesto, un pavo; Tercer puesto, un pollo. Según el acta del jurado calificador, "hubo una gran respuesta y entusiasmo del pueblo tamesino, y por lo tanto todos los participantes se deben considerar triunfadores".

Y para cerrar con broche de oro su gestión, a las once en punto de la mañana del día final de su mandato, a los once pillos del Concejo, en el salón del Concejo y con las cámaras de la televisión viendo y el Tribunal de la Historia aplaudiendo, el superalcalde les lanzó a la cara sus logros como quien les echa encima un chorro de perlas a los cerdos: reparación de puentes, dotación de aulas, colocación de placas, fertilización de palmas, canalización de aguas, renovación de fachadas, construcción de escuelas, adquisición de volquetas, pavimentación de carreteras, recuperación de espacios, eficentización de recursos, concientización de reclusos, esterilización de perros, reubicación de desplazados, modernización de alumbrados, viviendas para damnificados, redes de alcantarillado, bingos de caridad, marchas de confraternidad, convivios de solidaridad, seminarios de ética, clases de estética, asilos de ancianos, brigadas cívicas, cooperativas agrícolas, desfiles de minusválidos, teatros acrobáticos, recitales poéticos, parques infantiles, granjas juveniles, ferias agropecuarias, jornadas comunitarias, coros femeninos, foros educativos, boletines informativos, concursos polideportivos, convenios intermunicipales, programas educacionales, encuentros subregionales, coloquios interbarriales, cabalgatas intergeneracionales, juntas veredales, cruzadas sociales, fiestas culturales, semilleros musicales, talleres ocupacionales, cursos de capacitación, centros de alfabetización, campañas de vacunación, semanas de integración, tardes de recreación, muros de contención, marchas de reflexión, retretas de banda, conciertos de rock, montaje de una coproprocesadora, compra de una retroexcavadora, siembra de una araucaria en el parque Caldas. Un pedo.

Si ésos no son logros, ¿cuáles son? Si uno que hace eso no es el Putas, ¿quién pues? El inventario de los logros de mi hermano al frente de la alcaldía de Támesis tiene el grueso de un directorio telefónico. Ahora sí Támesis había encontrado por fin su brújula.

¡Y pensar lo que le hicieron! ¡Cómo le respondieron! A su avalancha de logros con un alud de tutelas. A su generosidad solícita con la ingratitud soberbia. ¡Y lo que le hicieron a Memo, que les pintó el cementerio! En la vereda del Río Claro de nombre La Mirla, en La Mirla de mierda ni un voto sacó.

En el corredor delantero de La Cascada que se continúa en una terraza, frente al panorama de esplendor abierto de montañas, con luna o sin ella pero esta noche con ella, Memo y papi toman aguardiente, conmigo y con Manuel. Hablan de semillas, de tolvas, de zarandas, de roya y mayordomos y otras plagas del café. Nosotros oímos. Y de la zaranda y la roya pasa Memo a hablar de las traiciones de Carlos, a quejársele a papi. Manuel y yo entornamos los ojos rumbo al cielo como si fuera a empezar a llover. Papi sólo ha tenido una mujer y con ella veintitreinticuatro hijos. Y ni una más y ni uno más. De extravíos sexuales y amoríos raros nada sabe. ¿O sí? Sí, tal vez, porque ésta no es la primera vez que le oye la letanía de quejas a Memo.

—Si supiera lo que le hizo Eufrasio esta semana, doctor —le dice.

"Doctor" le dice por respeto pero por cariño. Nosotros también le decimos "doctor".

—Se le voló otra vez en la moto. ¿Se acuerda de lo de La Pintada? Un hueso le tuvieron que levantar de la cabeza para que no se le inflamara y después coserle la chamba. ¡Y vuelta ahora a las andadas! Y Carlos mudo, ni una palabra, todo se lo alcahuetea.

Para desviar la conversación, yo, que vivo en México y no tengo por qué saber, le pregunto a Manuel por los pueblos que se divisan a lo lejos desde esa terraza, cúmulos de foquitos como de pesebre.

—¿Cuál es ése, Manuel?

—La Pintada.

—Ah, la de los farallones, que con la luz de la luna se alcanzan a ver. ¿Y ése?

—Valparaíso.

—¿Y ése?

—Andes.

—Ve, papi, ¿y ése?

—Ése —contesta papi— es Santa Bárbara.

—Y el resplandor en el fondo a mano izquierda es Medellín —me informa Manuel.

Medellín que oculto entre las montañas no se ve, como Dios tampoco, pero que ahí está como nos da testimonio con su inmensa luz.

—¡Uy, qué potencia la de las Empresas Varias! —comento.

O sea, la empresa de agua y electricidad de Medellín, que por bondad del Dios de arriba su Junta Directiva y sus gerentes aún no saquean. Cuando nos corten el agua y se vaya la luz, entonces es que lo que tenía que ser y aún no había sido ya fue.

Y Memo:

—¿Y sabe, doctor, la que le hizo el otro día?

—¿Quién? —pregunta papi.

—Pues Eufrasio.

—¿A quién?

—Pues a Carlos.

Manuel se levanta y se va a la cocina a freírse unos chorizos.

Yo le pregunto a Memo:

—Ve, Memo, ¿y esas luces de la derecha, qué pueblo son?

—Supía.

—¿Y las que siguen?

—Riosucio.

—Supía y Riosucio ya no pertenecen a Antioquia, ¿no es verdad? Son del departamento de Caldas.

—Sí —dice y vuelve a lo de Eufrasio.

Yo me levanto y me voy a la cocina a hacerme, aunque me quite el sueño, un café.

Memo quiere a papi y papi quiere a Memo; el uno con ternura de hijo, el otro con ternura de padre. Yo los quiero a los dos y lo que les pase a los dos me duele. La barrida de Memo en las elecciones me indigna, me ofende, me apena. ¡Pueblo malagradecido!

Pero cuando las elecciones en que barrieron a Memo cual el deslizamiento de tierra que se llevó al pueblo de Andes, ¡cuánto hacía que papi había muerto! ¿Tres años? ¿Cuatro años? ¿Cinco años? No sé, yo no llevo la cuenta. Los muertos no llevamos la cuenta de los muertos.

¡Maldito sea el café! Y el que lo trajo a Colombia y su madre. La madre del que nos puso a contar en vida nuestro destino en granos, grano por grano por grano y a secarlos al sol y a separar los granos buenos de los malos. Todos son malos. El café quita el sueño y ensordece. Hoy el que aquí dice "yo" está más sordo que una tapia: que la tapia del cementerio donde lo enterraron y donde anuncian la Urosalina que deletrea el ventarrón a toda verraca:

—¡U-ere-o-ese-a-ele-i-ene-a!

Mi más penetrante recuerdo de mi abuela y de mi padre es secando café. Cierro los ojos y los veo vaciando los costalados de granos sobre el embaldosado del piso y extendiendo los granos con un rastrillo a que se secaran al sol. Ella en los corredores de Santa Anita, él en los de La Cascada.

—Abuelita, ¿cuántos granos tenés en ese costal?

—No sé, m'hijo, no los he contado, estoy muy ocupada —dice y se va a sus quehaceres.

Mi abuela la de Santa Anita es rica: tiene más granos de café que peldaños la escalera Laureano Gómez de Támesis.

Dos abuelas tuve yo: la de Támesis, a quien no conocí; y la de la finca Santa Anita, a quien quise de aquí hasta Medellín y de Medellín hasta el confín de las últimas galaxias. Dos abuelas: ni una más, ni una menos. En eso sí fui completamente normal.

—Abuelita, ¿qué me dejaste de herencia?

—Nada, m'hijo, honradez.

De eso he vivido desde entonces, comiendo honradez. Sabe rico con agua y sal.

Cuando Carlos cogió la primer cosecha de los noventa mil cafetos que sembró, el precio internacional del grano se fue de culos y con él Colombia. Entonces empezamos a tumbar los cafetales y los altos árboles que les daban sombra: nogales, matarratones, guamos, cedros, macadamias; y con la tala de árboles se nos fue la lluvia y se secaron los ríos y las cascadas y hoy la cascada de La Cascada es un miadito de agua y Colombia un erial.

Antes del derrumbe del café, cuando aún soñábamos y los ríos arrastraban agua, en su corriente arrastraban de paso cadáveres de asesinados: la cuota de Támesis iba a dar al Cauca a través del Cartama, desaguadero de sus quebradas. Del Cauca, donde se sobreaguaban, manos caritativas los pescaban por unos pesos para entregárselos, hinchados, abotagados, desfigurados, con algas y peces en las tripas, a los deudos. En cuanto a los que no lograban pescar, se iban Cauca abajo hasta el Magdalena, que los sacaba al mar. Esa fuentecita de trabajo también se acabó. Sigue habiendo cadáveres de asesinados, sí, claro, mas no fluviales.

Yendo Carlos por el cañón del Cauca, donde el río se encajona después de La Pintada, en busca de una madera fina, la "teca", con la que soñaba restaurar la Casa de la Cultura, oyó a una mujercita humilde que exhortaba de esta suerte a sus hijos:

—Pónganse las pilas, m'hijos, que hoy tienen que raquetiar tres cadáveres o no comemos porque su papá anoche se emborrachó.

Los niños, ayudándose de una vara de bambú a la que le ponían un garfio en la punta, pescaban o "raquetiaban" tres cadáveres, sin que les acometiera la angurria de sacar más no fuera que otras familias de río abajo ese día no comieran por falta de este nuevo tipo de pesca milagrosa. Y digo "nuevo tipo" porque la tradicional pesca milagrosa son los secuestros de Tirofijo, quien monta retenes volantes en las carreteras a ver si saca un pez gordo. En tanto saca el pez gordo de sus sueños cualquier cosa le sirve: un judío, un noruego, un gringo, un español. Con ésos ordeña a Israel, a Noruega, a los Estados Unidos, a España, que van soltando la lechita.

Le encantaban los baños de popularidad. Donde estaba la acción, ahí iba él: a un bautizo, a una primera comunión, a una confirmación, a una boda, a un entierro. Sobre todo entierros. Desde el punto de vista electoral (no sé si del sexual) Carlos prefería a los muertos. Los muertos no se tuercen como los vivos ni giran en aceite hirviendo como Buñuelo: si un muerto te dice que sí, vota por ti. Regresando en la noche de una inspección veredal achispado, vio una casita iluminada y en el corredor varios campesinos en un animado velorio.

—Buenas noches, amigos —saludó.

—Buenas noches, señor alcalde —lo saludaron.

Y pasó. En el centro del cuarto humilde estaba el féretro entre dos cirios viejos apagados. Se quitó el sombrero, se arrodilló y cabizbajo se puso a rezar el "Quousque tandem" y el "Tantum ergo". Media hora rezó en latín sin parar por el difunto entre el respetuoso silencio de los deudos. Se levantó, se puso el sombrero y:

—¡Cuánto lo siento, señora! —le dijo a la viuda despidiéndose con inclinación de cabeza—. ¿Cómo se llamaba el muerto?

—¿Cuál muerto, doctor? —preguntó la viuda.

—Pues el del féretro.

—No, señor alcalde —le explicó una de las huérfanas—, ahí no hay ningún muerto. Ése es un ataúd vacío que está para la venta y lo tenemos en exhibición.

En otro velorio a que se metió otra noche igual de iluminado pidió una camándula prestada para rezar un rosario y se rezó tres. Cuando iba para el cuarto, la viuda le arrebató la camándula y dio por terminado el rezo.

—¿Por qué me quita la camándula, doña Miriam —le reprochó Carlos—, y no me deja terminar el rosario?

—Porque ya se rezó tres —le respondió doña Miriam—. Lo que pasa, señor alcalde, es que a esa camándula le falta la colita donde está colgado el crucifijo, y usted ya le ha dado tres vueltas.

Antes de Carlos y el padre Sánchez Támesis estaba en manos de una sierpe de alcaldesa y de un cura marica. La alcaldesa ya la presenté, de cola en cola en las elecciones, soltando veneno de su lengua venenosa. En cuanto al cura, era el padre "Cacoberto", así llamado por los muchachos, y que quiere decir "Alberto cacorro". Bajo Cacoberto todo en la parroquia iba manga por hombro y el viejo reloj alemán de la iglesia seguía parado. Le encantaban los muchachos, a los que llamaba "ángeles del demonio". Un día en los corredores de la casa cural, con ardides de jesuita y mañas de salesiano, le fue sonsacando a Carlos su pasado. ¿Que con cuál? Que con éste, que con aquél, que con el otro. Y el tartufo tomando datos horrorizado.

—Padre Alberto —le dijo Carlos al terminar—, creo que lo que le acabo de hacer es una confesión. ¿Por qué no me da la absolución?

—¿Te arrepientes, hijo? —le preguntó el pérfido.

—¿Y por qué me voy a arrepentir —le contestó Carlos—, si gocé mucho?

—Entonces no te puedo absolver, hijo.

—Pues entonces no me absuelva, padre.

Y con el sumario de Carlos en las manos pero sin estar obligado por ningún secreto de confesión, el malvado cura se convirtió en su acérrimo detractor. En tratándose de mi hermano su lengua competía en vileza con la de la alcaldesa. En misa mayor, y ya Carlos lanzado por el clamor popular candidato, se pronunció desde el púlpito una diatriba contra él que ni el "Quo usque tandem". Y cuando Carlos le reclamó, el cínico le contestó que él no podía permitir que sus angelitos del demonio dejaran el camino de Dios para tomar el de La Batea y La Floresta, a las que se refería en sus prédicas como Sodoma y Gomorra.

Antecesor de Cacoberto en la parroquia y con sus mismos vicios o virtudes fue el cura Calles, eterno enamorado de Chechito, un niño hermoso al que por fin logró robarse de Támesis para irse juntos a recorrer el mundo en un Peugeot. Cuando el polvo que levantaban estos cacobertos amenazaba con convertirse en polvaderón de escándalo, el obispo de Jericó los trasladaba a otras parroquias. Fue así como llegó a Támesis el padre Sánchez en reemplazo del par de santos varones.

A los estudiosos de Carlos en Cambridge y Harvard me permito señalarles en el boletín mensual de Támesis que durante sus tres años de alcaldía religiosamente publicó (y que han de conocer sin duda pues es documento imprescindible en las investigaciones carlistas), señalarles sus continuos, angustiosos llamados a los contribuyentes morosos a acercarse a la Tesorería del municipio a pagar: con un descuento del diez por ciento primero, que después les fue subiendo al veinte, al treinta, al cuarenta, al cincuenta y que a ese paso iba en camino de convertirse en deuda para el municipio. Ni uno solo pagó. Y es que nadie puede pagar si no tiene y si lo que tiene es veinte hijos en un país que se fue de culos por el derrumbamiento del precio del café. El presupuesto anual de Támesis era de doscientos mil dólares, que fue lo que le costó a Carlos La Floresta con todo e instalaciones y siembra de noventa mil cafetos. ¿Qué son doscientos mil dólares para un pueblo de veinte mil habitantes? Y los digo en dólares por simplificar pues en pesos son doscientos mil multiplicados por tres y con tres ceros a la derecha, cifras astronómicas. Como el taumaturgo del Sermón de la Montaña, se tuvo que poner Carlos a multiplicar los panes, los peces y los pesos. Y dele al déme y déme.

—Déme, déme y déme —pedían los que votaron por él.

El que vote en Támesis una vez por uno se le convierte a uno en una cruz que hay que cargar de por vida. Memo: qué bueno que no te eligieron. Que cargue el Negro Alirio con el pueblo. Porque Alirio el negro, el pertinaz, el hijo de su madre se hizo elegir para llenar el pueblo de hijos de alcalde. Preñaba a una aquí, preñaba a otra allá. Tenía hijos en los dos corregimientos y en las treinta y siete veredas.

A los quince años los muchachos de Támesis ya tienen un hijo. Las muchachas a los catorce. Entre el Instituto Agrícola y el Liceo sacan doscientos bachilleres al año que pasan a engrosar las filas de los desocupados. ¿Qué va a ser de sus vidas? ¿En qué van a trabajar? ¿Con qué van a mantener a sus hijos? Para que fabricaran más, en el tramo de la carretera de La Mesa al pueblo que él pavimentó e iluminó, Carlos les dejó una zona arbolada y con bancas a oscuras a los novios, El Pensador. Era un vitalista. Era un optimista. Era el quinto hijo de sus papás.

Ah, y se me olvidó en la lista de sus logros: mangueras para los bomberos y extinción de un incendio. Una noche desde La Floresta vio un inmenso resplandor que se levantaba desde el pueblo. Tomó su caballo y voló: el hotel Paraíso y la discoteca Calipso ardían como en los infiernos: a sus viejas construcciones de cañabrava y bahareque se las estaba zampando el fuego con una voracidad de burócrata. ¡Qué incendio más hermoso, qué incendio más verraco! La tragedia dignifica al hombre, mándenme a mí las que quieran. A baldados de agua que sacaban de la pileta del parque y que se pasaban de mano en mano en una cadena humana hasta llegar al centro del incendio, trataban los muchachos del pueblo de apagarlo.

—¿Y los bomberos? —preguntó el alcalde saltando del caballo al llegar.

—Cagados de la perra —le contestaron.

Es decir, ebrios, borrachos.

—¿Y las mangueras que les compré?

—Guardadas.

Las habían guardado en un depósito de las afueras del pueblo bajo llave no se las fueran a robar.

Ese incendio, por si lo quieren saber, lo provocó la Virgen del Carmen, esa vieja güevona,

desocupada, por hacerse mantener encendidas ve-
ladoras día y noche. Una veladora suya, lambo-
na y servil, causó el siniestro.

A las seis y media de la mañana, negros de
tizne y exhaustos, con los últimos baldados el alcalde y sus muchachos lograron controlar las lla-
mas. A las siete, echando al vuelo las campanas,
el padre Sánchez convocaba al pueblo a una Misa de Acción de Gracias a la Virgen del Carmen
por haber salvado a Támesis. A mitad de la subida al cerro de Cristo Rey, esa Virgen tiene una estatua montada en una piedra que le da el nombre
de Virgen de la Peña. Ahí, durante el mandato de
Carlos, se encendieron a bala la guerrilla de Tirofijo y los paramilitares, y con una granada le vo-
laron a la Madre de Dios la cabeza.

En cuanto a las mangueras, hicieron bien
los bomberos en guardarlas bajo llave. En Colombia todo se lo roban. Se roban los techos de las casas y los inodoros, y habiendo ya desempotrado
el inodoro, de despedida al dueño ausente le hacen sus necesidades los ladrones en el hueco. La
zaranda del beneficiadero de Carlos se la robaron
tres veces: una saliendo del almacén de Medellín
donde la compró; otra llegando a Támesis; y la
tercera ya instalada. Una zaranda (y se lo digo para que lo sepa cuando compre finca cafetera en Támesis) es una especie de tambor construido con
tubos o varillas de aluminio y que gira por medio
de un motor sincronizado con la despulpadora:

va girando en su eje y a medida que la despulpadora remueve la pulpa del grano la zaranda escoge el grano pelado y lo separa del que no. Ya va a ver, muy hermoso el proceso. Y todo con la ayuda del agua, que allá es lo que sobra.

Dos mujeres tiene Manuel más un cojo. Las mujeres le han dado nueve hijos (cuatro una y cinco la otra), y el cojo diez. El cojo era un señor trabajador con funcionamiento normal en sus dos piernas pero a quien Manuel, borracho, de madrugada atropelló en el tramo de La Mesa a La Cascada. No lo vio. Manuel borracho no ve. ¡Shhhak! ¡Pum!, se oyeron el frenazo y el trancazo desde el corredor delantero de La Cascada y Gloria se dijo:

—¿Qué será?

Y siguió regando los anturios y las bifloras. Una hora más tarde apareció Carlos angustiado:

—Apurate que Manuel atropelló a uno en La Mesa.

En la carretera se tropezaron con la policía, que les informó:

—Un tipo atropelló a un tal Martínez en La Mesa con un jeep, señor alcalde, y lo estamos buscando.

—No lo busquen más —les contestó Carlos—, que es mi hermano y voy por él.

Caído de la perra lo encontraron en la carretera, con la cabeza sobre el volante del jeep. Se lo llevaron al pueblo, al hospital, a que le hicieran un examen de alcoholemia no fuera que lo acusaran de asesinato premeditado, siendo que había sido ho- micidio involuntario, y se lo entregaron a la poli- cía. Pero no, el señor Martínez no murió, perdió una simple pierna. Era un pobre viudo trabajador con diez hijos. Manuel hubo de pagarle una pier- na postiza y hacerse cargo de por vida de él y sus diez hijos como si de votantes tamesinos se tratara.

—Manuel —le preguntábamos por joder—, ¿cómo están tus nuevos hijos, bonitos o feos?

—Feos —contestaba el pobre, que en su vi- da sólo ha probado mujer.

Dice que le va a mandar ligar las trompas a Lala, su segunda mujer, para que no tenga más hi- jos; y que si ella no se quiere ligar las suyas, que en- tonces él se liga las de él.

¿Hizo bien Carlos en entregarle a Manuel a la Ley? Aquí las opiniones de los estudiosos car- listas están divididas: yo digo que no, el resto que sí. ¡Yo estoy harto de sopa de agua con honora- bilidad y honradez!

Y como fluye el Cauca con sus cadáveres in- sepultos y sus pantanosas aguas bajo el puente de La Pintada, así fueron pasando el primero y el se- gundo año de la gestión de Carlos, naciendo niños y muriendo vivos y descansando muertos hasta que a Tirofijo le dio por volar el puente y quedó des- conectado Támesis de Colombia por más de un mes. Entonces, sin injerencias importunas, corta- do del exterior, pudo Carlos establecer por decre- to la Orden de la Parihuela con sus caballeros portaestandartes y portalcaldes. Chechito habría sido uno de ellos, de no ser por el cura Calles que se lo robó en su Peugeot.

Tercer año del mandato: como el primero y el segundo, en plena crisis y el café en picada y pidiendo la chusma en su parivagabundez:

—Déme, déme, déme, doctor.

Al padre Sánchez lo despidieron como lo recibieron: con una racha de muertos. A Julio Muñoz lo incendiaron en el interior de su Suzuki. A Efrén Castaño lo tirotearon frente al Café Támesis. A Otoniel Gañazo frente al Café El Cafetal. A Chico Cuartas frente al bar San Remo. A Wílmar, Lacra y Plaga, en la cantina El Mirador, afuera. Y a otros cinco "de un totazo", o sea de una vez, en la misma cantina pero ahora adentro: a Conrado, Arsecio, Salomón, Pelusa y Rondalla. Al Gurre a la entrada de la vereda La Florida, rumbo a San Pablo. Al carnicero Bocademina detrás del Comando de la Policía, donde oyeron los tiros pero creyeron que eran petardos. A Ñengue en el parque. A Cachifo yendo hacia Jericó. A Ansermo Rico por robarle un carro. A Jesús Cuartas por robarle una despulpadora. A José León Ramírez por robarle un pollo. Tres en una sola noche en el bar San Remo pero los tres inconexos: uno a las diez, otro a las once y otro a las doce. Más de diez acuchillados en diez días y también inconexos, a razón de uno por día, en la sola cantina Bulerías que se había especializado en la "puñalada marranera".

A Serafín Vélez en su finca lo degollaron. Al polvorero del pueblo lo mataron en el sector de El Hoyo de siete balazos. A Jorge Ramírez, taxista de un taxi-moto, lo mataron justo frente al sastre Orozco, quien marcó al muerto de inmediato sin tener que esperar a que pasara su entierro. A otro Otoniel distinto del Gañazo lo dejaron parapléjico de un tiro en la cintura: se hizo el minusválido subir al cerro de Cristo Rey so pretexto de pedirle al Salvador un milagro, y en un descuido de los familiares, montado en su silla de ruedas se echó cerro abajo. En La Matilde a un muchacho lo rajaron con un machete y le sacaron las tripas. A Raúl Martínez lo mataron en La Mesa con bala cruzada. También con bala cruzada y en los charcos de la misma vereda, a Raúl El Peludo, que hervía gatos negros en agua hirviendo aderezados de unos pájaros negros hermosos de cola larga, los "cucaracheros", para preparar bebedizos que embrujaran a las viejas. Al Mico Idárraga lo mató El Albino en el Alto del Burro (extraño asesinato pues sólo en esas latitudes desquiciadas un albino puede matar). En la vereda El Encanto a una señora la despacharon a machetazos mientras se estaba bañando: de uno en el cuello y otro en el pecho. En la propia finca de Carlos, La Floresta, a una hija de Pelusa, una muchacha bonita, la mató el primo, la violó y le despedazó la cara con una piedra. A la entrada de la finca El Diamante a otro le pegaron un tiro desde una moto "por bazuquero". A un hijo de Alfonso Moncada lo desaparecieron por lo mismo y el cadáver apareció a los cinco días bajo el puente del Río Frío. En Palermo se robaron a una niña, la violaron y la degollaron. A Jorge Sierra, en San Isidro, lo "quebraron a changonazos". Pero la muerte más triste y la que más nos dolió fue la de Panterito, de veintidós años generosos, que hacía de todo con todos y con todas: en la cama, desnudo, mientras penetraba a una puta lo mataron "a balín": no alcanzó a eyacular.

Se le habían terminado las vacaciones al padre Sánchez. Con lágrimas en los ojos se fue de Támesis trasladado a Salgar, un pueblo violento.

Y mientras el padre se iba se le venía encima a Carlos, acabando de concluir su mandato, la racha grande de tutelas de las muchas que se incoaron contra él. La primera de esta tanda la promovieron treinta y dos de sus empleados porque desde hacía un mes no les pagaba el sueldo. Y no les pagaba porque no había con qué. Y no había con qué porque los tamesinos jamás han tenido el vicio de pagar impuestos. Y jamás lo han tenido porque aparte de las ganas nunca han tenido con qué. Los estudiosos carlistas nos sabemos de memoria los nombres de los treinta y dos Judas y el de Pilatos, la juez del Juzgado Civil de Támesis que falló contra él. Prevenía la jurisconsulta en su fallo al señor alcalde para que evitara volver a incurrir en las omisiones que habían originado el proceso, "so pena de las sanciones legalmente establecidas por la ley", y "notifíquese y cúmplase".

Un mes después, por oficio número 1145, un juez penal condenaba a Carlos a "las sanciones legalmente establecidas por la ley". Los apostadores del pueblo, que esperaban una luz celestial, apostaron ese día por ese número en las casas de apuestas de Támesis, Valparaíso, Jericó, Caramanta y La Pintada, cuñándolo con el 256, que era el número del oficio de la juez civil, más el 5, día de la expedición de este último, y se ganaron un dineral. Casi quiebran a Apuestas Unidas y a Apuestas de La Montaña. Si hubieran sido buenos tamesinos, con ese dineral habrían sacado a su alcalde de la cárcel y construido la hidroeléctrica. Pero no. Que pague cárcel el güevón por sus güevonadas.

No osando meterlo a la cárcel, le dieron por cárcel el Comando de la Policía. Allí pagó un mes de arresto espaciado en varios fines de semana y quedó debiendo el importe de un mes de sueldo. Como no tenía ni un centavo para pagarlo y Támesis le debía justamente eso, un mes de sueldo, el alcalde en bancarrota se autoentuteló: presentó como ciudadano particular una tutela contra sí mismo como alcalde por no haberse pagado su sueldo. Como nuestra última Carta Magna no "contempla" una situación así, el engranaje todo del sistema judicial colombiano se trabó: le pasó como a Lucho cuando estaba pichando con un muchacho y le mostraron la foto de una vieja en pelota.

El nombre de la juez o jueza entuteladora es, para sumárselo a la Historia Universal de la Infamia, Luz Estella Uribe Correa: no "Stella" sin e ni "Estela" con una sola ele, sino "Estella" con E mayúscula y con doble ele. La tutela de la jueza Estella, Pilatos con falda, se conoce en los estudios carlistas como "la tutela de la infamia".

Papi, qué bueno que te moriste a tiempo y no alcanzaste a ver a un hijo tuyo encarcelado en el Comando de la Policía de tu pueblo. A Carlos le hicieron tus paisanos lo que siempre te hicieron a ti: extender la mano para traicionarte luego. ¿Quién si no Carlos fue el que les dio trabajo durante treinta y seis meses a los treinta y dos desempleados de la tutela infame? Pues los mismos treinta y dos más otros doce también empleados suyos municipales encabezados por Celmira Parra Montoya, su personera, que se les sumaron, le montaron otra tutela por no haberles pagado a las cajas de compensación sus subsidios familiares y lo mandaron otros días al Comando. Amigo, si se hace elegir alcalde, hágalo para saquear y endeudar al pueblo y no dejarles piedra sobre piedra, y cuando le empiecen a llover tutelas, compre al juez o se larga. Véngase para acá, al país azteca, que aquí es muy bueno y por una "mordidita" la justicia lo protege. Recuerde que de sopa de honorabilidad no vive nadie.

Seis meses después de los encarcelamientos del comando, un fiscal falló en favor de Carlos decretando "la preclusión de la instrucción", por considerar que la conducta "por la que fuera vinculado" era "atípica". Que se archivaran los procesos y "notifíquese y cúmplase".

A Colombia la quiero por inteligente y sagaz. ¿Qué fue del impuesto de soltería que nos puso un día? ¿Y del de ausentismo o traición? Tan bellacamente nos los fue poniendo como silenciosamente nos los fue quitando. Colombia bellaca tira la piedra y esconde la mano. Hoy vive de los que nos fuimos, y pide y pide y pide, y déme y déme y déme, y pare y pare y pare.

Como es tan lista y de cara dura, ha montado en Ginebra una "Mesa Internacional de Donantes". No se sonroja, no tiene honor. Con los dólares que mandamos sostenemos al presidente. Y adonde va este homúnculo le tocamos el himno. Justa como es, últimamente resolvió ponerles sueldo a los concejales para que no le robaran gratis. ¿Y quién lo paga? El alcalde. ¿Y con qué? Con cárcel. ¡Qué mala hija, tuviste, España! Mala hija de mala madre.

Durante los treinta y seis meses de la alcaldía de Carlos, Memo fue reconstruyendo las escuelas más necesitadas de las treinta y siete veredas del municipio a razón de una vereda por mes, dejando dos para el final. Todavía en diciembre del tercer año de la "alcaldía de la deuda moral de los diez pesos", vale decir dos meses después de que lo barrieran en las elecciones y uno antes de que Carlos terminara su gestión, seguía Memo con la primera dama Marilú en su obra caritativa: salones para las escuelas, pupitres para los salones, cuadernos para los pupitres, desayunos para que los niños aguantaran y pudieran estudiar. Ventanas, puertas, techos, iba reparando en las escuelas, mes por mes, vereda por vereda, clausurando letrinas y cambiándolas por sanitarios. Ya sin un centavo y con las ánimas de la ex Batea en estampida sin volverlo a llamar, volvió a ejercer en sus ruinas su profesión de dentista y se dio a atender a los niños campesinos gratis. Hasta frenillos en los dientes les ponía para que estuvieran a la moda. Su campaña de dientes sanos la llamó "Volver a sonreír". ¿Era un santo el Alcalde Cívico que le tocó en suerte a Carlos? Las opiniones de los colombianistas están divididas. Unos en Cambridge dicen que era un santo; otros en Harvard dicen que un güevón. En cuanto a mí, yo soy de la opinión de que a los pobres hay que dejarlos "a su aire" como dicen en España. Si son felices, ¿por qué cambiarlos? Ésas son pelotudeces de Papa. Yo ya le perdí la fe a la caridad, y mandé al carajo a la esperanza.

Tal vez fue Memo el causante de la última racha de tutelas contra Carlos.

—Carlos —le aconsejó en noviembre—, no te vayas a gastar lo que hay en caja pagando sueldos a costa de los niños. Ya tus empleados mamaron mucho. Acabemos de levantar las escuelas y que descansen en diciembre de mamar.

Y entre los empleados mamones y los niños, Carlos escogió a los niños. Por eso se fue al Comando a pagar cárcel el ex alcalde de Támesis: por su vocación de Cristo.

Tal fue la mortandad para despedir al padre Sánchez que Carlos mandó abrir el hospital toda la noche. ¡Como si a los muertos nos sirviera un hospital! Los muertos, Carlos, lo que queremos es paz; que nos dejen tranquilos y no nos prendan radio. Lo que debiste hacer fue mandar abrir toda la noche el cementerio.

Al final de su mandato ya Carlos no daba pie con bola. El descalabro de Memo más las tutelas lo ponían a desbarrar.

Una tutela curiosa que se dio en ese último diciembre no tuvo que ver sin embargo directamente con Carlos, aunque sí indirectamente con él, pues fue contra el administrador del cementerio, que dependía de él. Al requinto del trío los Crisantos lo enterraron sin consultar a un hermano por hallarse éste ausente. A su regreso el inconsulto hermano le montó una tutela al administrador del cementerio para que le dejara desenterrar al muerto y tocarle, en cumplimiento de su última voluntad, la canción que más plata le dio. Y ganó. Desenterraron al serenatero y con el dueto que quedó le tocaron "Nadie es eterno en el mundo ni teniendo un corazón", y así lo despidieron rumbo al Padre Eterno. A ese requinto lo había matado una bala perdida en una riña de borrachos en la cantina La Borla.

Muy temprano en la mañana se levantó Memo, prendió su maquinita Phillips de afeitar y se afeitó; se tomó una aguapanela caliente y salió rumbo al pueblo. En el Café Aventino, que está a un costado de la plaza y donde, cosa rara (que tal vez se deba a su propietario don Carlos Echeverri, hombre recto y a carta cabal, carlista convencido y que controla a sus clientes), nunca han matado a nadie, allí lo esperaban Martín Restrepo, Dora Aminta de Sánchez, Fernando Escobar, Carlos Zuleta, Gonzalo Sierra, Anita Dávila, Nury Velásquez, Eucaris Galvis, Darío Fernández, el Tío Gómez y Olga Builes, la plana mayor de su campaña y aspirantes todos al Concejo. Cuenten y verán, once son, uno menos que los doce apóstoles. Con ellos inició ese día Memo su campaña.

¿Por qué, se me preguntará, no estaba Carlos en ese Café Aventino en el lanzamiento de esa campaña? Hombre, porque Carlos todavía era el alcalde, y un alcalde en funciones ha de ser imparcial. Si Memo quería ganar, que ganara con sus vivos y sus muertos pero sin el respaldo oficial.

Los pichones de concejal emprendían la campaña esa mañana enfervorizados por las realizaciones de sus dos alcaldes, las del saliente y las del Alcalde Cívico que lo iba a reemplazar. Dos años había trabajado Memo por el pueblo y sus veredas sin descanso ni esperar nada, de sol a sol. Cuando él llegó a la Alcaldía Cívica, ni una sola de las treinta y siete veredas tenía una escuela digna. Por falta de pupitres los niños se sentaban en el suelo a hacer sus ejercicios de escritura y matemáticas; y por falta de inodoros se sentaban, como marome-

ros en el aire, a hacer sus necesidades sobre un ca-
ño: salían los niños de las letrinas y entraban los
pollos a comerse lo que dejaban, de donde tal vez,
digo yo, supongo, sacó Carlos su idea de la Cor-
poración Coprológica de Antioquia. En este mundo hay que reciclar: los pollos se comían el
producto de la digestión de los niños y engorda-
ban, y después los niños se comían ya engordados
a los pollos. La vida es una continua recicladera. Se
recicla la materia y se reciclan las almas.

Y no bien trocaba esos albañales en asépticos
inodoros marca "Orinoco", se entregaba a otra de
sus cruzadas, la de "Un parque de diversión en cada escuela".

—Carlos —le decía—, hacé un traslado del
rubro de salarios para el de inversión que voy a
montar otro parque.

Y lo montaba: columpios, mataculines, ma-
chacalengues, barras, toboganes, pasavolantes.

Y montado el parque, con el apoyo de la primera dama Marilú se daba a sembrarle hortensias
y cartuchos, heliconias y anturios.

—Yo quiero anturios amarillos —decía él.

—Yo blancos —decía ella.

Se ponían de acuerdo en anturios negros que
traían de La Cascada. Y como por la magia de Ala-
dino, de donde había un estercolero sacaban un
vergel.

—Memo, ¿cuántas escuelas fue las que arre-
glaste?

—Cien.

—¿Cien apenas? ¿Tánto cacareo por cien escuelas?

Pero no, jamás se envaneció él de sus logros. Los que sí se jactaban de ellos eran los de su plana mayor, sus aspirantes al Concejo, gallinas que cacareaban huevos ajenos. Que pusimos uno aquí, que pusimos otro allá. No, los puso Memo.

Y cuando empezaba a encarrilarse su campaña, ¡que se lanza otra vez de candidato el Negro Alirio! Que él no iba a permitir que un marica siguiera mangoneando al pueblo *per interposita persona*. Ya hablaba en latín el ordeñavacas. Todo en Colombia se lo roban. Se roban los techos, los huecos, los inodoros. ¡Se roban hasta una lengua muerta! Cría cuervos y te sacarán los ojos.

—Negro Alirio, ¿qué te mueve a querer ser alcalde?

—Preñar viejas.

Y el que jamás puso un huevo pretendía preñar viejas. Dejar regados zambos, cambujos y saltapatrases en las treinta y siete veredas.

—¿Y a quién pensás nombrar de corregidores en San Pablo y en Palermo?

—A dos de mis mozas.

—¿Y en la Casa de la Cultura?

—A Eduviges.

—¿Y de personero?

—A Zoila.

Y ahí va el Negro Alirio de calle en calle y de vereda en vereda prometiendo. Y prometa que prometa que es lo que hacen los de su calaña. Prometía luz, teléfono, sanitarios, mangueras, bultos de cemento, pollos, marranos, casas, carreteras, tejas… Hasta un teleférico le iba a montar a Támesis para conectar el Cerro de Cristo Rey con el Nevado del Ruiz por el aire.

—Memo, tenés que prometer o nos barren —le urgían sus estrategas.

Y él que no:

—No prometo.

Y nosotros:

—O prometés, Memo, o se nos monta en la alcaldía el negro.

—Que se monte. No prometo.

Y tal cual prometió, nada prometió. Y es que no tenía por qué prometer quien ya había hecho. Entre el Negro Alirio y Memo mediaban dos abismos: el que va de obras a promesas, y el que va de un granuja a un señor.

Volvamos a la Avenida Laureano Gómez, a la escalera, para explicar qué ocurrió. Cuando empezaron sus campañas Memo con su prestigio estaba arriba y el Negro Alirio abajo con sus dos patas. El que estaba arriba y no prometía fue cayendo, y el que estaba abajo y prometía fue subiendo. Y cayendo el uno y subiendo el otro de escalón en escalón, al llegar el día de las elecciones Memo había tocado tierra y el negro se había encumbrado al cielo.

Cuando volvía Memo a las veredas, los campesinos se le escondían al verlo llegar no osando darle la cara. ¿A qué vendría? A terminarles las escuelas que les dejó inconclusas, rastreros.

—Barrieron a Memo en las elecciones —me llamó Gloria a México a contarme por teléfono—. Sacó cuarenta y cuatro votos: don Carlos Echeverri; María Trinidad y María Milagros Vergara, de ochenta y cuatro y ochenta y siete años; sus once aspirantes al Concejo; diez ánimas del Purgato-rio y nosotros. Pueblo malagradecido que antes de Carlos no conocía el papel higiénico y se limpiaba el culo con hojas de plátano.

—Esperá un momento, que voy por la grabadora.

Y voy y corro y la saco y la traigo y la enchufo y la prendo y me pongo a grabar, a las carcajadas, sus verdades, sus barbaridades, el desvariar desquiciado fuera de madre y razón de su furia. A mí la indignación ajena me excita, me inflama, me exalta y me encanta dar cuerda y dar coba.

—Seguí con lo del papel higiénico y ese pueblo bellaco.

—Todos los días, llueva que truene, truene que relampaguee, no bien abrían el edificio de la Alcaldía y hasta que lo cerraban, allí iban los revuelteros y las revuelteras del parque a sus inodoros a cagar y a limpiarse, con las toneladas de papel higiénico que tenía que pagar Carlos de su sueldo, el culo.

—¿Y por qué él? ¿Por qué él lo pagaba?

—Porque si no, los revuelteros mancomunados con sus empleados traidores le habrían montado en gavilla otra tutela.

Los "revuelteros", o vendedores de plátano, papas, arracachas y yuca, fueron los que le pusieron a Carlos su primer tutela, la que le dio nombre a una plaza.

—¿Y quién te mandó a vos, estulta, a fundarle a ese pueblo bellaco una banda de música gratis?

—Es lo que hoy digo yo. Que en la próxima les toquen "Tierra labrantía" sus madres.

—¡Quién los mandó a meterse en alcaldías y democracias y a cargar con ese poblacho y su parivagabundez! El pueblo es mierda y la democracia una puta que hoy picha con uno y mañana con otro. Y no me contés más y colgá que esta llamada te va a salir muy cara.

Y colgué. La llamada de Gloria me confirmó en mi tesis: papi nació en un pueblo de comemierdas y tránsfugas.

¿Y la caridad? ¿La caridad a que nos obliga la religión del Crucificado? A la mierda con el Crucificado y su caridad que de caridad con la que hizo Memo quedé hasta el cogote. Además, ¿cuándo hizo caridad el Crucificado con los animales? Y el bobalicón de Memo matando a sus vacas para servírselas en bandeja de infamia, con aguardiente de Baco, a sus tránsfugas. A Dulcinea, a La Negra, a La Manchada, a La Paturra, a todas las mató. Todas se las fueron zampando de comilona en comilona por sus gaznates aguardientosos los cagamierdas. Y Carlos a su lado pasando la charola. ¡Par de alcalduchos lambones, masturbadores del pueblo vil! Que arrégleme la casa, don Memito. Que déme, don Carlitos, pa'l mercado. Y pidan y pidan y pidan, y dénles y dénles y dénles. El día de las elecciones no tuvo Memo ni con qué afeitarse porque le habían robado, en la última tragantona, hasta la maquinita Phillips de afeitar. ¡Qué alegría me da, mataanimales, que los hayan barrido en las elecciones y se los haya pasado el Negro Alirio por la bragueta! ¡Cuarenta y cuatro votos! Jua, jua, jua, jua, jua, jua.

A la salida del pueblo o sea a la entrada (como guste porque lo que entra sale y lo que sale entra) hay un sitio de especial infamia, el matadero: el matadero del matadero, el corazón de Támesis. Allí los carniceros tamesinos, profesión sólida cual ninguna otra en ese plácido remanso sosegado, con la conciencia tranquila y la bendición del cura Sánchez el santo, que en él tiene acciones, acuchillan a las vacas. Sus bramidos de dolor hasta aquí me llegan. Y se va chorreando su sangre por las calles en pendiente hasta las quebradas, y diluida en las apuradas aguas va a dar a los ríos y por los ríos al mar inmenso de Dios. Ríos y quebradas de Colombia, cauces de sangre, cauces de mierda, ojo que le están empuercando el charco al Viejo.

Y le voy a pintar, amigo, el camino de Medellín a Támesis para cuando vaya, por fin, un día, a comprar finca. Se lo esbozo desde el punto de vista de la infamia, haciendo caso omiso de paisajes, curvas, montañas y rodaderos. Pasa usted por los siguientes pueblos, que tiene que ir rezando: La Tablaza, Caldas, Versalles, Santa Bárbara y La Pintada. De memoria me los sé de haberlos rezado tanto. Todos tienen iglesia y frente a la iglesia una plaza y en la plaza un mercado y en el mercado toldos de carniceros con la pedacería de vacas, terneras y cerdos en exhibición. Patas, tripas, costillas, cabezas, ojos. La impúdica vista a nadie indigna, a nadie inquieta, a nadie molesta. Pasan carros y carros y carros, todos viendo sin ver. En cuanto a nosotros, nos detenemos por costumbre en Versalles a comprar. Versalles no es un palacio: es un poblacho siniestro de una sola calle larga de toldos de carniceros, corregimiento del municipio de Santa Bárbara montado entre brumas densas como sobre el filo de un machete de matarife afilado en el filo de la cordillera. Cristo-Satán reina sobre el poblacho. A veces desde el carro vemos al cura, su lacayo, ensotanado, tiritando en el atrio, tomando baños de bruma. Déme tanto de esto, tanto de esto otro, tanto de esto otro, le va señalando mi padre al carnicero los pedazos sanguinolentos de la vaca: carne para sus hijos, para que coman, crezcan, se reproduzcan y mueran como él. Por lo pronto, mientras vive y compra es un hombre honorable, nacido en Támesis en la religión del Crucificado, católico elegido a muy altos cargos por el Partido Conservador, el de la empinada avenida esa en escalera. Sólo tuvo corazón para sus hijos y no le quedó un campito para los animales. Hoy se quema en la Casa Grande de mi compadre Satán, en el círculo que les asignamos a los que se reproducen, a los carniceros y a los comecarne, si bien al final, vuelto casi un faquir, sobrevivía de caldos de huevo con cebolla y sal que él mismo se preparaba. ¡Pobre! Era un santo.

¡Cuarenta y cuatro votos! ¡Jua! Donde quiera que estén ahora, en el cielo o en los infiernos, permítanme que me ría, Carlos y Memo, burgomaestres de pacotilla, alcaldes de la ilusión. Cuarenta y cuatro votos a costa de las vaquitas de La Floresta, La Cascada y La Batea. ¡Par de güevones!

Medellín tiene dos periódicos: un pasquín que lleva el nombre del gentilicio de Colombia, viejo y gastado como los cerros; y otro reciente, El Mundo, que no conozco pero en el que escribe Aníbal, semana tras semana, angustiados artículos para defender a su más desvalido prójimo, los animales. Los de la mafia taurina de la Plaza de Toros la Macarena de Medellín lo amenazaron de muerte, a él, a su mujer y a sus hijos, si persistía en su campaña contra su negocio, lo que llaman estos buenos cristianos "la fiesta". En defensa de los animales de Támesis de los atropellos de Carlos, Aníbal escribió un artículo en El Mundo, "Mi hermano el alcalde", rogándole que en las Fiestas del Cacao, cuando eligen reina y la ira se emborracha y se enloquece, y desquiciada de resentimiento y odio acuchilla y mata, no montara corridas de toros ni peleas de gallos en el pueblo para no degradarlo más, si es que alguien puede caer más bajo que el suelo. Siguiendo su política de lamberle al pueblo, el alcalde infame las montó. Nunca más volvió Aníbal a Támesis.

Colombia, mamita, no vas para ninguna parte. Eres un sueño vano, las ruinas de nada, un Támesis grande. El que te gobierna hoy es como el que te gobernaba ayer y como el que te gobernará mañana. Dice el mentiroso de hoy, el homúnculo, que va a acabar con la politiquería como si él fuera cantante de ópera. Años mamó de la teta pública como alcalde de Medellín y como gobernador de Antioquia. Dice que a Tirofijo le va a aplicar mano dura si no se entrega, pero que si se entrega lo va a recibir con corazón grande. Léase que sus delitos nunca fueron o que sin prescribir prescribieron. Que no dinamitó oleoductos, ni secuestró, ni mató, ni derramó el petróleo ni la sangre. Sus miles de muertos no murieron, sus miles de secuestrados lo soñaron. A diestra y siniestra invoca el homúnculo el nombre de Dios. Habla con voz pueril y de repente entona y se le salen dejos de político antiguo como si los espectros tenebrosos del pasado siguieran hablando desde ultratumba a través de un muñeco de ventrílocuo. Viejos resabios, viejos tonos, viejas mañas. Como es bajito, aprieta el culito y se empina para poder entonar. "Que mi Dios los acompañe" termina diciendo en sus discursos como campesino de antes de carriel y alpargatas. ¡Güevón! Para más es Tirofijo que enfrenta la pelea y va, viene, se escurre, dinamita, secuestra, mata con su fusil y se arropa con su poncho. Voy a ordenarles a mis loros verdes que se replieguen y no insulten más a este hijueputa.

La última vez que los vi fue en el Parque de Laureles, en Medellín, viendo pasar muchachos.

—¡Mirá el que va ahí, qué belleza! —le decía Memo, que con los años había adquirido una vista de lince.

—¿Cuál? —preguntaba Carlos el cegatón.

No veía a un palmo, tenía retinitis diabética.

—Ése —le decía Memo y se lo describía.

La imagen de ambos se me desdibuja bajo el sol insulso que se ponía por entre los laureles. Me fui a México, pasó el tiempo y no los volví a ver más. Me cuentan que murieron juntos tras un transplante de riñón, donador y donante, orinando en una misma bolsa y conectados a una misma sonda.

Eufrasio se casó, engordó, abrió una fonda y hoy tiene cinco burritos ojizarcos. Sigue tomando como antes pero ya no anda de vereda en vereda, con su mujer se contenta. La fonda la puso "La Chamba".

Chechito se le voló al padre Calles con una vieja y hasta el sol de hoy. Lo último que supimos de su Cacoberto fue que andaba en el departamento de Nariño levantando pastusitos en un Renault.

El padre Sánchez murió en Salgar tras de alcanzar a construir otra mezquita. Por su buen corazón y lo mucho que quiso a Carlos, con la Primera

Dama Marilú se fue al cielo, a sembrar anturios, heliconias y bifloras. ¿Me podrán creer que cuando la juececilla de las últimas tutelas condenó a Carlos a la cárcel por burlarse de ella, el padre Sánchez ofreció la casa cural para que mi hermano pagara allí bajo su vigilancia el carcelazo? En vano le rogó y al teniente del Comando. El treinta de diciembre, víspera de la terminación de la "alcaldía de los diez pesos", ofició una misa en desagravio de mi hermano, el alcalde saliente y en desgracia. La Primera Dama Marilú fue de escuela en escuela recogiendo flores para adornar la iglesia e invitó a todo el pueblo a la misa: a los niños de las escuelas; a las viejas de la "Escala de Milán"; a los empleados del municipio a quienes Carlos les había dado trabajo durante tres años... El padre Sánchez ofició la misa para sólo tres personas y un retrato: Carlos, Memo, la Primera Dama Marilú, y un retrato desvaído de mi padre que colgaron de un clavo.

Mi hermana Gloria murió, mi hermano Manuel murió, mi hermano Aníbal murió, y por el mismo trillado camino de la muerte se me fueron yendo todos, hermanos y hermanas, dejando mi casa abandonada. Yo sigo en México, vivo, ahora sí que por una enfermedad o empecinamiento que nos acomete a los literatos viejos de hoy día y que un lúcido escritor peruano bautizó "empeño literario".

Perseguido por mozas, pedigüeños, sablistas, culebras y deudas, en el segundo año de su

mandato el Negro Alirio subió con un "changón"
al Alto del Burro, donde El Albino había matado
al Mico Idárraga, y de un changonazo se voló los
sesos. Cuando la campaña, les pidió sus hojas de
vida a cinco mil quinientos cuarenta y siete tamesinos a los que les iba a dar en su gobierno, cuando lo eligieran, puesto: tenía ochenta puestos en
la alcaldía que apenas si le alcanzaban para sus mozas. A don Romualdo Ospina le quedó debiendo
treinta millones que el viejo le prestó para la campaña y que el insolvente no le pagó: un tres con
siete ceros a la derecha que se le convirtieron a su
acreedor en siete ceros a la izquierda. Para ganar
la alcaldía hizo lindezas, lo que usted quiera y más.
La víspera de las elecciones prometió amnistía general tributaria para el presente y para lo porvenir
y no volver a joder nunca más con el asunto de los
impuestos. Sigue sin haber teleférico entre el Cerro de Cristo Rey y el Nevado del Ruiz. La Plaza
de la Tutela se rebosó y sus revuelteros y carniceros y tenderos se volcaron sobre el parque y lo volvieron a invadir con las ratas.

Lucho y Ritiña murieron de una fea enfermedad que nadie nombra.

Tocayo Orozco sigue cosiendo y anotando
muertos en su puerta. Dejó atrás los cien años y
al paso firme a que va con suerte le da un récord
Guiness a Támesis.

Los portalcaldes envejecieron y nadie los
quiere ya. Trabajan por ahí, de meseros.

Cagaíto no pinta para presidente, carece de la firme vocación. Sus paseos en palanquín bajo palio fueron un sueño que a lo mejor ni soñó. Estudia para agrotécnico.

La Batea y La Floresta están en ruinas, con sus cafetales desmantelados y sus luces en las noches apagadas. Ni las ánimas se arriman por allí. Ya no canta nadie en ellas. Las barre el viento. En cuanto a La Cascada…

Venga, amigo, conmigo, que por fin se le llegó el día de irla a conocer. Hoy son dos horas desde Medellín con carretera asfaltada, que mi hermano asfaltó bajándole al viaje cuatro horas de seis. Empecemos por rezar el rosario de los pueblos para que nos vaya bien. La Tablaza: sin pecado concebida; Caldas: sin pecado concebida; Alto de Minas: sin pecado concebido; Versalles: sin pecado concebido; Santa Bárbara: sin pecado concebida; La Pintada: sin pecado concebida. Amén. ¡Qué tal! ¿Qué le parecen? ¿No se le hacen hermosos estos pueblos y hermoso el panorama? Villorrios encaramados en estas imponentes montañas como pueblitos de pesebre, con sus techados bermejos, sus puertas y ventanas de azul, rojo o verde, y esos tendejones tan pintorescos de los carniceros en Versalles. ¡Brrrrr! ¡Qué bruma! Como para que nos tomemos un aguardiente. Hágale, échese éste, que cae muy bien en estos ventisqueros. Y sigamos a ver.

Seguimos subiendo, subiendo rumbo a Santa Bárbara. ¿Ve allá abajo, en el fondo del abismo, rodando la mirada por entre los platanares, una especie de polvaderón? Una cementera. Ahí, en el año del caldo, masacró Belisario como a quinientos. Y lo digo por precisión histórica, no por reproche, que no está en mí. ¡Qué carajos, para eso era el presidente! Tomémonos otro. ¿Con limón de pasante? ¿O con mango biche? Tome pues el mango y échele sal. Pa'l frío no hay como el aguardiente. Pongamos música.

Y ponemos "Nadie es eterno en el mundo ni teniendo un corazón". En estos tramos hay que manejar con mucho cuidado porque si no, se va uno al rodadero y no sale ni en El Colombiano en foto. ¡Pero qué importa! La aventura es buena, ¿o no? Si no, se queda uno en su casa.

Sigue Santa Bárbara: ahí, a la derecha, por esa entrada en pendiente que ahí ve. Pueblo hermoso pero al que hoy no vamos a entrar. Ya entrará usted con tiempo en otro de sus viajes. En esta falda hay que acelerar y tener mucho cuidado con estas "tractomulas" que cargan carros nuevos traídos de Bogotá, porque en cualquier curva, de un coletazo, ¡pum!, lo mandan a uno al abismo.

¿Se le taparon los oídos? ¿No siente el calorcito? Es que empezamos a bajar. Aquí de una curva a la otra pasa uno de tierra fría a tierra caliente. Mire p'abajo, el paisaje, cómo se explaya. Éstas son todas fincas ganaderas, de los mafiosos. Valen fortunas y ni se comparan con la que le voy a mostrar. ¿Nos tomamos otro aguardientico? No hay como

el aguardiente pa'l calor. Cristo cae por tercera vez.
A ver, empíneselo que aquí tiene su mango biche.

¡La Pintada! ¿Cómo se le hace, qué tal? Vista desde aquí en bajada no me diga que no es hermosa, con el Cauca serpenteando, y mire el puente. Lo voló Tirofijo pero lo volvimos a construir. Dejó medio año desconectado a Támesis. Mire, paremos aquí, en "Miramar", que a mí me encanta. Venden unas empanadas ricas, calientes.

—¡Mesera! Tráigale al señor dos empanadas y otro aguardiente doble.

Y ahora vamos por la orilla siguiendo el río por donde el río se encajona. No me diga que no es imponente. Y eso que es verano. En invierno se desborda y cubre todos esos pastizales. ¿Sabe qué tiene el Cauca en medio? ¡Una u!

La Fabiana. Y aquí sí tenemos que parar porque aquí se bajaba siempre mi papá a tomarse un aguardiente. ¿Mucho polvo por acá? Ni se imagina usted lo que era este tramo antes de que mi hermano pavimentara la carretera, que aquí se bifurca: a Támesis dieciocho kilómetros, diez a Valparaíso, ¿ve el anuncio? Subamos y sigamos.

El Cartama y la Cascada del Amor, para los enamorados. La finca de la Bruja Duque, político muy prestigiado. La finca de los Sernas. ¿Bonita? No sabe usted lo que va a ver, aguarde y verá, "no coma ansias", como decimos en México. Potosí. La Cristalina. Río Frío. El Papayal. Las partidas de Palermo: a Támesis ocho kilómetros, Palermo a cua-

tro. La Florida de don Jorge Herrera, rico antes, ya
no. Quebrada El Tabor. ¡La Mesa! Y ya, ya vamos
a llegar. Mire, ahí está la portada.

—¿La Cagada?

—¡Ja! Es que esta gentecita del pueblo es
muy mamagallista. Le cambiaron la ese y la ce por
la ge: La Cascada. Pero buena gente todos, campesinos sanos que siguen la senda del Crucificado.

—¿Y la guerrilla?

—¡Cuál guerrilla! Por aquí no hay guerrilla,
esto está en manos de los paramilitares. Y donde
hay gato no hay ratones. ¿Nos tomamos otro?

—Yo ya estoy más bien mareado.

—¡Qué va, tomémonos otro! Aquí está su
mango biche.

¡Si le contara lo que es esto al amanecer! Cómo se va levantando el telón de la niebla. De a poquito, de a poquito va subiendo desde el Cartama
y va descubriendo los naranjos, los limoneros, los
guamos, los cafetales, el alto sombrío del café. Y de
repente, de repente, ¿qué va apareciendo? ¿Qué ve?
¡La Cascada! Mírela ahí, ahí está, no me diga que
no es hermosa. Con sus tres caídas como las de
Cristo. Mire cómo se rompe el agua en espuma. Y
eso que hoy no está crecida. Cuando se crece son
las cataratas del Niágara. Con decirle que se desaparecen las tres caídas y se convierten en un solo,
inmenso, imponente rumor. ¡Qué chorro de agua!
Dormirse uno arrullado en las noches por ese fra-
gor. Pero deje que siga subiendo el telón de la bru-

ma. Dele chance. ¿Qué ve? Dirija hacia arriba la cabeza. Más. Más. ¿Sí ve? ¡Cristo Rey! El cerro de Cristo Rey. ¡Mire cómo lo surcan los gallinazos!

—¿Y no hay peligro de que se desgaje?

—¡No, si ya se desgajó! Pero por el otro lado dejándonos la vista intacta.

—¿Y de qué está construida la casa?

—De ladrillo cocido.

—¿Y los techos y los barandales?

—De teca, madera fina. Toque.

—Ah…

—Esto pues por lo que se refiere al corredor trasero mirando hacia arriba. Y mire ahora hacia abajo desde el delantero el panorama. ¿Ve allá a lo lejos los farallones de La Pintada? No ser ahora de noche para que viera la luna saliendo paso a paso por entre los dos como en un cuento de hadas. Aquí a uno, hombre, carajo, se le abre el alma.

—¿Y el café? ¿Tumbaron el cafetal?

—Sí, pero qué importa, ésta es la hora de sembrar. Mire usted, los países africanos productores del grano van a quebrar por los precios tan bajos. Siembre usted ahora y coseche dentro de dos años y verá los precios dónde van a estar. No va a haber grano de café en el mundo. Se va a cansar de contar billetes.

—¿Y el beneficiadero? ¿Lo tumbaron?

—¡No, qué va! Ahí están las instalaciones intactas. Venga y verá. Mire el techo. Y todas estas planchas de cemento para secar café y más café, al padre sol sin gastar ACPM. Y las acequias. Venga que lo llevo al laguito. ¿Ve? En este lago criábamos pirañas. Perdón, tilapias. ¿No se le hace hermoso?

—Sí...

—Y venga le muestro por dentro la casa: diez cuartos y cinco baños. Como para hacer banquetes. Aquí ha comido medio Támesis. Cocina espaciosa con estufa de gas, parrillas eléctricas y fogón de carbón. Comedor con mesa grande para veinte comensales. Y la sala. La sala donde estuvo el piano. Mire, ahí a un lado de la chimenea, en lo que llamábamos "el bar", donde ve esas botellas de aguardiente vacías, polvosas, viejas, y esa cantidad de retratos de la familia en la pared, ahí, ahí estaba el corazón de la casa.

—Y ese señor con el viejito en esa foto, ¿quién es?

—Mi papá con Laureano Gómez.

—Ah, con Laureano Gómez...

—Ahí, en ese "bar" sagrado teníamos entronizados entre botellas de aguardiente los dioses tutelares. Perdón, tutelares no, simplemente dioses. Los penates. No encontrará usted finca más hermosa que La Cascada. Ni en Antioquia ni en Colombia. Si no estuviera yo tan solo, si no estuviera yo tan viejo. ¡Pero qué! Todos se fueron yendo... Si hay cielo en el mundo, el cielo está aquí. Como ésta no hay otra. ¡Se la vendo!

Este libro se terminó de imprimir
en el mes de mayo de 2004
en Impresiones Sud-América S.A.,
Andrés Ferreyra 3767/69, 1437,
Buenos Aires, República Argentina.